KB076822

너무 늦게 침묵하지 않고,

마땅히 서술해야 할 때 말하는 미니 픽션은

작금의 디지털 환경에 더없이 적합한 글쓰기다.

한상준 미니픽션

민규는 '타다'를 탈 수 있을까?

열린
서가

차례

7   그 1분 1초가

11   기죽지 말어, '청춘'

15   590에 속해 있는

19   오빠의 슈퍼마켓

23   문자 두 통

27   겸침원 김씨

31   누더기 법 만들 듯

35   되돌려 준 물음

39   열려라, 학교

43   세연과 세연 엄마

47   그 순간,

51   이 비정하고 냉혹한

55   하지 못한 말

59   앵글의 시각

63   '석유시대의 종말' 어디에서 오나?

67   여기는 지금도

171	심우도
175	멋쩍은 웃음
179	이러니, 또
83	새가 죽었다
87	상호 말은 맞는 말일까, 틀린 말일까?
91	민규는 '타다'를 탈 수 있을까?
95	박이건, 홍이건
101	첫눈이라고 해야 할까, 아니라고 해야 할까?
105	최 원장의 21번째 환자
109	최 원장의 원격진료 107번째 환자
113	내가 디아스포라야, 내가
117	틀린 옛말 없다더니
125	2032(22대) 대선 기자 방담회
129	총체벌레를 아십니까?
137	분명하지 않으나, 분명한 건
147	안즉까장 여그서
155	…회억한다
158	해설 ㅣ 불안한 삶을 위무하는 작은 노래 배명희(소설가, 한국미니픽션작가회 회장)
173	작가의 말

그 1분
1초가

　"오늘도?"

　휴일 아침, 나가려는데 거실에 앉아 있던 남편이 뜨악한 표정을 짓는다.

　"당신이 내몬 거잖아."

　남편은 이제 응원군이 아니다.

　"힘드니까, 내려놓으라는 거지."

　"당신은 9층까지 계단으로 오르내리는 사람이야. 그런 사람이 그걸?"

　"빗댈 걸 빗대야지, 거기에다 빗대."

　"그거나 저거나. 이왕 나선 거, 끝까지 가 볼 거야."

　"선을 넘으면 깨진다고, 부서진다고."

　"정해 놓고 넘지 말라고 하면 그게 선이야. 악이지."

　"그러니, 차선이라도 받아들이라고 했잖아."

현관문을 나서려다 돌아서서, 대거리하듯 내뱉는다.

"이 손으로 벌어오지 않으면, 애들 뒷바라지는?"

"그 손으로 번 돈 아니어도 저만큼 잘 컸잖아."

"큰애 전세 올려줘야지, 작은앤 마지막 학기야."

"융통해 볼게."

"무슨 수로? 기름값마저 더 들어가는 판인데."

"…."

남편은 이번 인사이동에 왕복 74㎞를 출퇴근해야 하는 곳으로 전보됐다. 승진 인사이긴 했지만 내부에 자리가 없는 게 아니었다. 결국 밀렸다는 후문이다.

"빌려주시는 거라지만 아버님한테 손 벌리는 것도 더는 염치없고."

"이쁜 손 좀 보자."

남편이 문을 여는 나를 돌려세운다. 남편은 연애할 때도 내 손을 꼭 쥐고 걸었다. 퇴근해서도 손등에 입을 맞추곤 했다. 작은애가 대학 들어가면서부터 시작한, 6년 차 하는 일에 늘 안쓰러워했다. 살가운 남편이었고, 지금도 그렇다.

"오늘따라 별스럽긴."

나는 슬며시 손을 뒤로 감췄다.

"로봇밀도 8년째 세계 1위라는데, 더 심해지겠지…. 이제 그 손, 좀 쉬어라, 응."

자동화시스템이 구축되면서 일자리를 잃는 건 비정규직이었다. 우린 뭉쳤고, 싸웠다. 직접 고용을 요구했으나, 회사는 매몰차게 거절했다.

"사람잡기 1등인 로봇이네."

"스마트 톨링으로 바뀌면 그 자리도 땡, 이라고."

그런 추세였다.

"사람 나고 기계가 생겼지, 기계 생기고 사람 난 거 아니잖아. 뭐든 기계로만 하겠다면 나 같은 사람은 뭘 해서 먹고 살라고? 기계가 대신했으면 사람이 할 수 있는 다른 일을 찾아주거나 보상해주는 게 정부가 해야 할 역할 아니냐고?"

"기업이 하는 일에 정부가 규제만 할 수 없으니까."

"그래서? 그래서? 내 밥줄인 거 알면서, 그걸 달고 와."

이렇게 내몰리게 된 모든 게 남편 탓이라도 되는 양 앙칼지게 퍼붓는다.

"1분 1초를 다투는 출근 시간이잖아."

"이쁘다는 내 손, 당신이 자른 거라고, 그 1분 1초가."

남편이 상의도 없이 '하이패스'를 달고 온 날, 통행료를 받던 내 손은 끝내 잘리고 말았다. 우연이라고 기필코 우기고 싶은 거다, 남편은. 주말에 하는 투쟁은 서울 톨게이트에서 한다. 거기까지 딴은, 멀다.

기죽지 말어,
'청춘'

크리스마스에 대한 기대감이 사라진 남녀의 평균 연령이 31.6세라는 데이터도 그렇지만 남자보다 여자가 더 빨리 '크리스마스 감흥'을 느끼지 않는다더라, 고 했을 때,

"지금도 재미없는데."

이제 25세 되는, 졸업과 동시에 중소기업에 취업한 내 딸, '청춘'은 심드렁하게 말했다.

"크리스마스이브를 제주도에서 보냈잖아, 넌."

"취업 기념 여행이었지, 그건."

"어쨌거나."

"놀러 가서도 별로였지만, 더 재미없게 만든 건 뭔지 알아?"

"뭔데?"

"캐롤송을 어디서도 듣지 못했다는 거야."

"코로나19가 대유행이어도 제주도엔 여행객이 바글바글하던

데?"

"백화점이나 대형마트, 커피숍, 휘트니스, 어디서 건 저작료를
안 내면 공연법 위반이래."

"아빠만 못 듣는 줄 알았는데, 그게 아니었네."

"도예공방과 집만 오가잖아…50㎡ 이하 장소에서만 공짜로 들
을 수 있대."

"'징글벨'이든 '루돌프 사슴코'든 울려 퍼져야 연말 장사도 될
텐데."

공연법이 후발국의 문화 향유까지 통제하는 지적재산권의 보호
수단이라 여겨졌다. 청춘들이 즐길 수 있는 어느 계기의 순간마저
자본에 포위, 억류되어 있는 건 지적 자산 침해의 심각성을 모르지
않음에도 너무 나간, 고삐 풀린 망아지처럼 여전히 날뛰고 있는 신
자유주의의 흉상이란 생각이 엄습해 왔다.

"다운을 받다가도 자기 검열하는 거, 있지."

"기죽지 말고 다운 받아 들어라, 젠장."

젠장, 소리가 절로 나왔다.

"아빠. 진짜 기죽이는 건 화상(Zoom) OT에서 나온 희망퇴직
얘기였어."

"신입들한테?"

"코로나19 팬데믹 상황에서 언제든 열려있다는 거지."

'사람이 미래다'는 홍보와 달리 입사 3년차에게까지 희망퇴직

을 받았던 모 그룹이 떠올랐다.

"노조 가입을 미리 차단하려는 엄포성 아냐?"

"그럴수록 가입해야 한다고 신입들끼리만 하는 Zoom에선 공감했어. 근데, 근속 30년 넘은 아빠랑 같이 다니게 된 애가 자기의 경우, 우선 순위가 아닐까? 하면서 입은 웃는데, 눈은 글썽이는 거, 있지."

"설마?"

"아빠와 내가 그런 경우라…면?"

대입 불가능한 경우의 수를 들먹이고는 딸애도 머쓱해한다.

"당근, 아빠가 나가야지."

"아니지, 젊은 내가…."

"아빠가 '청춘'의 기를 어떻게 꺾냐?"

"…."

이 대목에서 '청춘'은 토를 달지 않았다. 속내일 터다.

베이비 붐 끝 세대인 아빠는 한편으로는 혜택받은 그러나, 결과적으론 너의 미래까지 당겨다 쓴, 아파트 융자금에 담보 잡힌 삶인데, 그걸 물려줄 수는 없잖니, 하는 말은 삼켰다.

"내 딸, '청춘'! 기죽지 말어. 힘내, 힘!"

'아프니까, 청춘'이라는 별나고 묘한 말도 있으나, 이 땅의 청춘들이 새해엔 제발 아파하지 않길 바라는 마음으로, 어깨를 도닥여 준다.

590명
속에 있는

"아빠, 택배가 올 거야. 받아줘."

"알았어. 내용물이 뭐래?"

"신발."

"신발장에 가득한데, 또 신발."

"세계에서 오직 한 켤레만 있는 신발이야."

"어이쿠, 이멜다다, 우리집 이멜다."

필리핀 독재자 마르코스가 축출될 때 대통령궁에 부인 이멜다
의 신발이 3,000켤레나 있었다는 기사를 기억해 낸, 딸아이의 신발
수집 욕구에 빗댄 별명이다.

"이거 알아, 아빠."

"뭘?"

전화기 너머로 딸아이의 들뜬 음성이 전해졌다.

"아디다스가 베트남 공장을 독일로 이전해 갔는데, 독일 공장

에서는 단 한 켤레의 신발도 소비자 요구대로 만들어 준다는 거야. 세계 유일무이의 신발인 거지. 주문한 지 이틀 만에 디자인 샘플을 보내왔고, OK 사인을 보내자마자 제작해서 온 거야. 15일 걸렸어."

베트남에 있던 공장을 독일 안스바흐로 이전해 간 게 2016년이다. 고임금이 원인이었다.

"항공택배네? 비싸겠다, 하나뿐이니?"

"매장에 있는 제품과 비교할 순 없지만, 그렇지도 않아."

"서른이야, 이제. 신발 욕심을 아직도 못 버리면 어떻게 해. 놀고 있는 애가."

허벅지까지 올라오는 부츠며 킬 힐, 군화형 구두 등이 없진 않으나 딸아이는 좀 특이한 운동화를 선호했다. 각양이고 각색인 30여 종의 운동화가 신발장에 진열되어 있다. 딸아이는 스페인 바르셀로나에서 한국인 신혼여행객을 주 대상으로 예약 사진을 찍는 사진작가였다. 회사 대표와의 불화로 생긴 스트레스성 소화기 질환으로 그만두고 귀국했다. 5개월 째다.

"스피드 팩토리(Speed Factory)에서 제조하는 거라 가능해. 3D 프린팅, ICT와 연결된 생산 시스템인데, 전체적인 모형을 주면서 소재, 색상, 끈, 깔창, 밑창 등등을 선택해서 주문하면 돼. 로봇 생산이니까 단가를 낮출 수 있는 거지."

마침, 며칠 전에 읽은 ICT 연계의 제조업 관련 글이 떠올랐다.

"근데, 너, 그거 알아. 베트남 아디다스 공장에서 일하던 600명 인원이 독일로 이전해 가면서 모두 잘린 거. 베트남 공장과 똑같은 분량을 생산하는데 10명이면 된다네. 숫자적으로는 590명이 일자리를 잃은 거야. 지금 너처럼."

스피드 팩토리 공정은 로봇밀도 세계 1위인 한국 기업의 현실이기도 했다.

"나는 내 발로 나온 거야, 아빠."

"결과적으로는 590명 속에 있는 거잖아."

"4차산업혁명시대의 산물인 걸, 뭐. 그게 시대 흐름인데, 어떡해?"

"삶의 지속성이 어떻게든 주어진다면, 문제겠니?"

"청년수당이니, 기본소득제니, 뭐 그딴 거 기대 안 해. 통장이 바닥나기 전에 잔일이라도 하면 되지, 뭐."

"젊어서야 그런다지만⋯. 베트남의 아디다스 노동자, 600명은 지금 뭘 할까?"

"너무 나가지 마, 아빠."

'당신의 일자리는 안녕하십니까?'라는 물음 없는 사회에서 살아야 하는 거 아냐? 하는 말은 입안으로 삼켰다.

오빠의
슈퍼마켓

싱싱한 유기농 야채 등 먹거리를 주문한 시간대에 받는 건 채식을 위주로 식단을 짜 먹는 상희에겐 고마운 배송 서비스다. 오늘은 아침 6시 10분에 받았다. 아침 식사를 거른 지 꽤 됐으나 때때로 먹고 싶거나 영양 섭취를 위해 필요를 느낄 적이 없지 않다. 아보카도 드레싱과 렌틸콩 루꼴라 샐러드에 필요한 루꼴라, 구운 호도, 레몬 3개, 호주산 누디에 코코넛 요거트 500ml를 어젯밤 10시경에 주문했었다.

숙소 인근에 편의점이 두 곳이나 있다. 하지만 수입 맥주를 차게 냉큼 마시려는 때 빼곤 이용하지 않았다. 매대에서 고르고 장바구니에 담아 들고 오는 번거로움이 싫었다. 고양이 살림이며 화장지, 건전지, 세제까지 주문해서 썼다.

상희는 데이터와 AI(인공지능) 연계 프로그램 개발을 주종으로 하는 IT 업체에서 '데이터 사이언티스트'로 7년째 일하는 중견급 사원이다. 회사는 선두 그룹에 속하지만 후발주자였다. 대표의 카리스마적 경영 마인드가 일으킨 이례적인 경우라고 업계에선 인정한다. P백화점 체인 입찰 건 수주는 지금도 거의 신화로 회자되고 있다. 회사가 선두 업체로 진입하게 된 모멘텀이었다.

쿠팡의 '로켓배송', 마켓컬리의 '새벽배송'처럼 이 업종에 뛰어든 P백화점 체인 입찰 건은 두 업체를 능가하는 배송 프로그램을 최단기간에 납품할 수 있느냐가 관건이었다. 물류업체의 최대 난제인 '재고 보충'과 '빠른 배송'을 위해선 데이터와 AI의 융합 작업을 통한 현장 적응 프로그램을 최적화해야 했다. 경쟁사는 모두 선발업체였다. 대표는 기어이 따냈고, 핵심부서의 달포 합숙을 통해 납품했다. P백화점 체인은 물류업계 선두를 그대로 유지하고 있다. 상희는 자신의 회사가 납품한 프로그램에 의해 물품 배송을 받으면서도 물류 기업의 혁신적 판매 전략과 환경 적응력에 감탄한다. 딴은, 물류업계만이 아니다. 모든 플랫폼의 진화는 IT 업종이 연동되어 견인하고 있긴 하지만 말이다.

입사 초부터 긴장의 연속이었다. 과제의 분석과 융합, 적용을 위한 합숙 토론이 일상이었다. 이 바닥의 통상적인 업무 형태가 아닌 혹독한 통제와 요구를 견디고 살아남은 몇몇 잔류파에 속한 상희 역시 핵심 부서장으로 승진했다.

아침 식사를 거르다가도 해먹을 요량하면 서두르게 된다. 레시피대로 잘 안될 때가 있다. 올리브 오일은 있는데 아몬드 크림도 캐슈 크림도 바닥난 걸 몰랐다. 대용마저 없으니 그냥 믹싱한다. 요즘 들어 야근하거나 새벽까지 작업하면 몸과 맘의 평형을 잃곤 해서, 신선한 고영양의 아보카도 드레싱과 렌틸콩으로 보양한다. 루꼴라와 구운 호두, 코코넛 요거트 맛도 상큼하다. 상희는 캐슈 크림이 주는 고소함을 못내 아쉬워한다.

출근길로 나선다. 문자음이 몇 차례 울렸다. 상희는 정체가 심한 지역을 통과하면서 거치대에 놓인 핸드폰을 본다. 엄마가 보낸 문자다. 엄마는 지방 소도시에서 오빠네와 살고 있다.

－니오빠가점포

－를내놨다맨날

－폭음이다.

실패를 거듭하던 오빠가 슈퍼마켓을 연 건 5년 전이다. 아마존 효과(Amazon Effect)는 갈수록 더 세지고 있으니 그만하면 오래 버틴 셈이다. 정체 구간이 끝났다. 상희는 엄마를 위로해 줄만한 선물을 보내야겠다고 생각하며 엑셀레이터를 힘껏 밟는다. 쿠팡이 나을까, 마켓컬리가 좋을까, P백화점 체인을 이용할까?

우산 장수 딸과 소금 장수 아들을 둔 엄마다.

문자
두 통

　밤중에 문자가 떴다. 청첩장이다. 추근대더니 이제야 떨어졌네, 했다. 시원섭섭한 마음을 죄다 내려놓을 수는 없겠다. 임 팀장이 올 초에 홍보부서로 오고부터 한 달에 두 번 티타임을 갖곤 했다. 임 팀장은 부서원들도 느낄 만큼 내게 관심을 표명했다. 추행이니, 하는 따위는 아니었지만 일면 작업이라 여기기에 충분할 만큼 추근댔다. 3년째 업무계약 체결을 한 프리랜서였다. 번역원(대한번역개발원)이나 에이전시에 소속되지 않은 아랍어 번역사로 나름 실력을 인정받고 있다는 증표이기도 했다.

　납기일을 3~4일 어길 때면,

　"최 선생님, 피로감 만땅이지요. 차 한 잔 어때요."

　라며, 전화를 해 격려를 보내주기도 했다. 임 팀장의 그런 제의가 갑을 관계로만 여겨지지 않았고, 친절했다.

　"이번 기사, 반응이 좋네요."

전해 왔고,

"내가 더 즐거웠어요."

라며, 응대하기도 했다.

홍보지를 발간한 뒤면 갖는 술자리 역시 1차 이후 입가심 맥줏집 까지 자연스레 이어지곤 했다. 3차로 한 잔 더 하자고 붙잡는 걸 겨 우겨우 떼어내고 돌아오면 새벽녘인 때도 수차례였다. 임 팀장의 액션에 흔들리는 모습을 내보인 적이 전혀 없진 않았다. 하지만, 업무 관련 이상으로 진전시키지 않으려 애써 거리를 두곤 했다. 임 팀장은 짐짓 놀라며 아쉬운 듯하면서도 더는 들이대진 않았다. 한 걸음 더 다가왔으면 그에게 기울어졌을까? 하고 생각하다가 머리 를 감쌌다. 납기일을 일주일째 넘기고 있다. 결코 없었던 경우다.

'차 한 잔' 하자는 연락도 없던 차에, 청첩장이라니…. 이래저 래, 헷갈렸다. 영업팀에서 새로운 루트를 뚫어 맺는 계약 문건이 었다. 계약 문건은 1급 문서로 처음 맡는다. 이렇듯 정교한 문서의 최종 번역은 해당국 언어의 전공 교수나 그에 버금가는 라이센스 를 가진 번역사들이 도맡아 왔다.

중동지역의 여행 허브 국가인 UAE의 항공사와 여행상품 소개, 특정 지역의 흥밋거리 등을 회사 홍보지에 싣기 위한 1차 번역 작업 이 업무였고, 대체로 최종 마감했다. 실력을 인정받았다는 사실에 고무된 느낌까지 가졌으나, 뭘까? 하는 의구심을 또한 내려놓지 못했다. 작업은 더뎠다.

일감이 계속 줄어드는 상황이다. 전업인 까닭에 일감의 부재는 궁핍한 생활로 이어진다. AI(인공지능) 시대의 전면적 도래에 아직 이르진 않았다고는 해도 번역업계의 1차 작업은 구글 최신번역기로 대체된 지 꽤 됐다. 사실, 1급 문서를 의뢰받고는 들뜸보다 뭔가 모를 찜찜함이 턱 솟고라지는 거였다.

일주일이나 납기일을 어기는 건 이 바닥에서 계약의 효력 상실을 의미했다. 번역원이나 에이전시 소속 번역사는 넘쳐났고, 경쟁은 치열했다. 3~4일 납기일을 어긴 적이 몇 번 있었음에도 일감을 줄곧 내준 건 회사의 배려였다. 회사에 대한 신뢰도 그만큼 쌓였고 임 팀장에 대해서도 한편으론 고마움을 떨구지 못하던 터다.

냉장고에서 캔맥주를 꺼내 한 모금 들이키며 창밖의 어둠을 응시했다.

어둠 저 편엔…,

일감의 가뭄 끝엔…,

상상을 깨며 문자가 또 날라 왔다. 업무계약 해지 통보였다. 이 밤중에, 트럼프스럽게…, 푸른 가로등이 더욱 푸르딩딩해 보였다.

검침원

김 씨

"지난 달보다 덜 썼네요."

"이거 드세요."

전기 사용량 검침을 오거나, 우편물을 배달하러 산속에서 나홀로 사는 집까지 오는 건 번거로운 일인지라, 뭔가를 대접하곤 했다. 사람이 그리운 연유이자 배려였다. 해서, 검침원이건 배달원이건 소소한 정담 정도는 나누는 관계 형성은 되어 있다.

"마침 목이 좀 말랐는데."

솔순효소를 탄 물 한 모금을 마신 검침원 김 씨가 덧붙인다.

"목요일에 스마트 미터기 설치 작업반이 올 겁니다."

"그게 뭔데요?"

"원격측정 전력계량긴데요,"

설명인즉, 소비자와 전력회사 간 쌍방향 통신도 가능하면서 전기 사용량 또한 실시간으로 확인할 수 있는 기기란다. 외국에선 이

미 설치, 시행하고 있다고 덧붙인다.

"여기까지 오지 않아도 된다는 거네요, 이제."

표현과 달리 설핏 섭섭함이 묻어 있는 내 표정에,

"……"

김 씨가 말을 접었다가,

"그렇긴 한데,"

끝을 맺지 못한다. 고용 불안을 겪고 있다는 속내로 읽혔다.

"사무실에서 근무하는 건가, 그럼?"

희망 고문을 줄 심사는 물론 아니다.

"우리 지역 검침원이 아홉인데, 다섯 명만 쓴다네요. 검침이 어려운 산간벽지는 설치와 동시에 원격측정을 하겠다면서도, 별다른 이야기가 아직 없어요."

갓 두 살 된 아이가 있는, 한국전력 자회사 소속으로 사실상 비정규직이라고 들었다.

"그동안 고생했는데 감안하지 않겠어요?"

"그걸 알아주면 좋겠는데…. 회사에서는 선생님 댁 같은 단독가옥 요금에 대해 늘 의심하고 있어요. 여름과 봄철 사용량이 비슷하다거나 겨울과 가을 사용량이 다르게 나오지 않는 걸 인정하지 않으려 해요. 전력량 측정이 정확하지 않으면 전력 비축량 예측도 어려울 뿐 아니라 요금 책정에도 문제가 있을 수 있다며, 적극적으로 단속하고 있거든요."

"요금 책정 문제요?"

"요금요율이라는 건데요. 피크타임제 적용으로 전기 사용을 일정 정도 통제해 왔듯이 사용량이 급증하는 일일 시간대 요금을 조정해서 일반 세대의 전기 사용량을 회사가 어느 만큼은 줄일 수 있다는 것이지요."

"여름철 피크타임제는 그런다지만 일일 사용량까지는 좀?"

결국은 요금을 올리겠다는 의도라 여겼다. 사용량을 월별로 적절히 조정해줘 요금이 들쑥날쑥 부과되지 않은 건 김 씨의 작은 배려였다.

"산간벽지 검침원을 먼저 없애겠다는 의도도 있어 보여요."

"명분이야 선다지만 일자리를 앗아갈 정도까지는 아니잖아요?"

"배려하지 말라는 거지요."

산속집이라 여름철에 선풍기도 드물게 돌리고, 온돌방이라 겨울철에 나무를 때니 난방비가 덜 들었다. 전기 사용량이 계절이나 시간대별로 크게 차이가 나지 않는 편이다.

'스마트 미터기라니…차갑네, 차가워.'

김 씨가 가고 나니 더 쏠쏠하고, 쓸쓸했다.

'누더기 법'
만들 듯

"여보, 차 한 잔 안해? 보이차는 괜찮잖아."

소파에서 신문을 보다 마침 웃음기를 살짝 머금는 신 선생에게 아내가 식탁으로 오라, 한다. 취업해 곧 출근을 앞두고 잠시 집에 머물러 있는 딸과 점심 식사를 마친 뒤 담소하면서다.

"들어갈래."

"어휴, 고지식하기는."

"왜 그렇게 말해?"

"소금과 물은 필수잖아. 단식하면서도."

"전면단식 하는 것도 아니고 한 끼인데, 뭘."

"집에서 누가 보는 것도, 확인하는 것도 아니잖아. 차도 안 마신다니까 그렇지."

"죽기 살기로 하는 사람도 있는데 한 끼 정도 굶으면서 차까지."

"반드시 제정되어야 할 법인 건 아는데 이제 사서 고생할 나이는 지났잖아, 당신."

"고생은 무슨. '간헐적 단식'이라는 것도 하는데."

오늘로 7일 째다. 퇴직하고 코로나19로 집콕하는 탓에 '중대재해기업처벌법'의 입법을 촉구하는 점심 한 끼 동조 단식을 한다는 걸 인터넷 카페를 통해 알게 됐다. '일하다 죽지 않'고 퇴근하여 '저녁이 있는 삶'을 누리지 못한 채 사망하는 노동자가 1년이면 평균 2,400명이나 된다. 안전장치의 미흡이나 기업과 회사의 안전 불감증에 의한 사망사고가 반복되고 있다. 산업재해 사망률 세계 1위 국가다. '중재법'은 국회 법사위 논의를 거듭할수록 완화되어 갔다.

"그렇다고 오전 10시부터 오후 5시까지 아무것도 안 먹는 건 무리잖아. 차라도 마셔야지."

"당신이 '김용균재단' 이사장 김미숙 씨 남편하고 똑같네."

"뭐가? 뭐라 했는데?"

"자기 부인이 단식하러 간다니까, 한 말이 신문에 났어."

"신문에 그런 기사도 나와?"

신 선생이 방으로 들어가다 말고 그 기사가 난 신문을 아내에게 건넨다.

1989년 전교조 결성과 관련해 해직된 뒤 명동성당 돌계단에서 했던 600여 명의 집단 전면단식과 1994년 원직복직 촉구 때의 5일, 그

후 어느 핸가 건강단식 7일 등 단식을 할 때마다 주위에서 농담처럼 들은 말이기에 해직교사인 신 선생이 그 기사를 읽다가 피식 웃은 이유다.

"염려해서 하는 말 아냐?"

신문을 읽고 난 뒤 아내가 그럴 수 있지 않느냐는 투로 툭 내뱉는다.

"국회의사당에서 수백의 눈이 지켜보는데, 뭘 어떻게 먹기라도 하겠어."

"그러겠지. 혼자 하는 것도 아닐 테고."

"근데, 당신 말투에서 그 사람들은 그런다 치고 '당신은 왜 안 먹어', 하는 느낌을 받거든."

"뭐? 아냐, 아냐. 오해야."

"아빠, 아빠는 다른 식구들 불편한 건 생각 안 하잖아. 엄마와 난, 눈치 보면서 점심 먹어. 엄마한테 그렇게 말해선 안 돼, 아빠도."

"그런다고 고지식하다느니, 보는 것도 확인하는 것도 아닌데 그렇게까지 해야 하느냐는 말을 들어야 해, 아빠가."

"아무렴, 엄마가 그런 뜻으로 했겠어."

"'몰래 뭐라도 먹어라'는 말을 염려로 듣지 않는 당신이 너무 각이 져 있는 거 같아."

"한 끼 굶으면서도 국회처럼 '누더기 법' 만들 듯하면 안 되잖아."

되돌려 준
물음

담임에게서 연락이 왔다.

비대면으로 졸업식을 하게 될 수도 있을 거라더니 역시나 예상대로 됐다. 2.5 단계로 상향 조정되어 1, 2학년 대표 학생들 참석도 없애고 졸업생 중 학생회 임원과 수상 대상자 가운데 그것도 최소 인원만 참석하는 랜선 졸업식으로 바꿨단다. 불참하게 된 졸업생들에게는 졸업장과 상장 등을 학교에서 일괄 우편으로 발송한단다.

"참석해야지. 공로상도 받고."

"공로상을 제가요?"

으레 학생회장에게 주는 상이지만 대외적으로 학교를 빛낸 공적이 아주 많아 기우 또한 받게 된 상이라며 추켜세운다. 기우는 비대면으로 치러진 전통 있는 전국 학생미술대회에서 최우수상을 싹쓸이하다시피 했다. 차세대를 대표할 만한 작가로 벌써부터 주목을 받고 있다. 여타 미술대학에서 '우리 대학에 오길' 바라는 정도였다. 한·예·종 미술원에 진학한 상태다.

"샘은 그림 잘 그리는 네가 부럽다."

며 덧붙이길,

"졸업생들 모두 참석해서 좀 떠들썩하게 하면 좋겠지만, 상황이 그러잖아. 밀가루 뿌리고, 교복을 찢고 하는 건 좀 아니지만 아이들끼리 사진 찍고 행가래도 치면서 축제 분위기로 학교가 들썩들썩하면 좋겠는데. …샘은 예전의 그런 모습이 그립다. 너도 그렇지?"

하며, 아쉬움을 토로한다.

코로나19 팬데믹 상황에서 학교는 우왕좌왕, 들쑥날쑥, 갈팡질팡했다. 수능 이전 3학년 교실이야 애당초 긴장감이 흐르지만, 1, 2학년 수업은 느슨하고 헐렁하고 엉망이라고 느끼기에 충분했다. 1, 2학년 때 하던 특기·적성, 동아리 활동도 모두 금지됐고 계기교육은 아예 이뤄지지 않았다. 미술실, 과학실, 컴퓨터실, 도서관 등의 폐쇄를 보면서 학교는 교실이건 특별실이건 닫기에만 급급해 보였다. 하려면 할 수 있는데도 하지 않는다는 인상이 짙었다. 특히 만화 일러스트 동아리 후배들의 불만이 컸다.

더욱이나, 대입까지 마치고 펑펑 놀다가 졸업식에 참석하러 학교에 가는 게 기우는 내키지 않았다. 사실, 참석하고 싶지 않은 가장 큰 이유는 그날, 30일째인 여자 친구 민지와 졸업을 자축하기 위해서다. 민지가 있는 K시까지 1시간 정도 버스를 타야 했다. 돌아오려면 시간이 넉넉하지 않다. 일단, 버티기로 한다.

"…쌤, 안 가면 안 돼요?"

우물쭈물하는 인상을 받은 듯 담임이 되묻는다.

"뭔 일 있니?"

"꼭 그런 건 아니지만…요."

"참석하는 걸로 알겠다."

"근데, 쌤. 제가 그날 약속이 있어요."

"졸업식 참석보다 더 중요한 약속이 뭔데?"

여자 친구를 만날 약속이라고 하면 담임에 대한, 더 나아가 학교에 대한 모독으로 여길 터다. 기실, 코로나19 팬데믹 이후도 그렇지만 3년 동안 학교와 선생님들에 대한 실망감이 적지 않게 쌓였다.

"여친 만나기로 했거든요."

"너, 너. 어떻게 그럴 수 있어?"

이왕 엎질러진 물이다. 기우는 속마음을 숨기지 않는다.

"선생님들은 아이들을 아예 학교 밖으로 내몰았잖아요? 코로나19 핑계 대고."

"이기우, 학교가 뭐냐? 너에겐."

"쌤한테 제가 묻고 싶은데요, '학교가 뭐냐?'고."

열려라,
학교

"오늘도 안 가니?"

"그러게 말이다. 전쟁통에도 학교는 열렸는데."

(외)할머니는 그러면서도 내게 얼굴을 찡그리는 엄마를 향해 그만하라는 눈짓을 보낸다.

"가고 싶거덩. 근데, 오지 말라잖아."

"그러게. 우리 손주 탓할 게 아니지."

"공부할 시간 다 됐다. 빈둥거리지 말고 들어가 컴퓨터 켜라."

엄마는 책상에 앉아 있으면 공부하는 줄 아는 데 ㅋㅋ, 메롱이다. 온라인 수업과 게임방 화면을 들락날락하는 걸 모른다. 오늘은 과학 시간이 흥미롭겠다는 생각이 든다. 물론, 루팡루이 게임이 더 재밌다. 더 재밌는 건 친구들과 노는 거다. 얼마 전까지만 해도 가고 싶지 않던 학교였다. 지금은 그렇지 않다. 학교에 가고 싶은 건 다분히 친구들이 보고 싶어서다. 나는 이제야 친구들이 소중

하다는 걸 느낀다. 이건 어른들이 말하는 큰 깨달음이다.

"오늘 과학 시간에는 개미가 집 짓는 거 보여준뎅, ㅋㅋ."

"이것도 하고 저것도 보고 그래야지. 어렸을 때는."

그러고 보면 할머니가 더 나를 이해한다. 알고 있었지만 학교에 가지 않아 더 알게 됐다.

"애 두둔하지 말아요. 공부도 시기가 있다고, 어릴 적 내게 엄마가 했던 말이잖아."

할머니와 엄마는 나를 두고 가끔 이렇게 티격태격 다툰다.

"애들은 학교에서 공부만 하는 게 아니라는 거지. 또 어디 공부가 다 더냐? 철민이 봐라. Y대 나와서 지금도 저러고 있는데. 공부만 잘한다고 되는 것도 아니잖아."

'철민이'는 막내 외삼촌이다. SKY의 Y이니 일류대학이다. 엄마도 대학은 in서울 하라고 성화이지 않은가? 외삼촌 말을 그대로 옮기면 '영화판에서 놀고 있다'는데 할머니나 엄마는 그 바닥에서 세월아, 네월아 한다며 걱정이다. 하지만, 외삼촌은 나의 롤모델이다. 특히 내가 좋아하는 농구도 잘한다. 지난번 설날에 집 가까이 있는 고등학교 운동장에서 찬바람 맞으며 함께 했던 농구는 그야말로 핫(hot)이었다. 그때 외삼촌이 내게 한, 지금도 아리송한 말이 또렷이 떠오른다.

'너 하고 싶은 걸 찾아야 해. 그것이 교과서에 나오지 않는 거면 더 좋아. 교과서에는 상상의 날개가 없어. 교과서는 다 오래돼서

낡은 것들뿐이거든. 단, 학교는 가야 해. 학교는 아직까진 밟고 올라가야 할 계단이니까. 놀아도 학교에서 놀라는 거지, ㅎㅎ.'

이해가 되지 않아 지금도 물음표로 남아 있는 말이다. 아무튼, 학교에 가고 싶은데 학교에 갈 수 없으니 친구들과 놀 수가 없다. 며칠 전에는 조금 멀리 떨어져 있는 졸업한 초등학교로 혼자 농구하러 갔는데 운동장을 개방하지 않는다고 닫힌 교문에 안내문이 붙어 있어 그냥 왔다. 거리두기 4단계라도 중1까지는 매일 열겠다고 방송에서 듣게 돼 그나마 다행이긴 하다.

방송국의 예능 쪽 프로듀서가 꿈이긴 하다. 외삼촌이 하는 일과 비슷한 희망이어서 말하는 게 좀 그랬다. 그래서, 예능 프로듀서가 되기 위해서 뭘 어떻게 해야 하는지 물을 수 없었다. 다만, 외삼촌이 한 말처럼 놀아도 학교에서 놀고 싶어 학교에 가고 싶은데, 학교가 닫혀 있어서 재미난 것이 별로 없다. 친구들도 그렇다고 한다.

학교가 날마다 열렸으면 좋겠다.

세연과
세연 엄마

코로나19로 거듭 연기하다 4월 들어 겨우 개학해서 아이들 얼굴을 익히고 이름을 새기며 관계가 익어가던 6월 둘째 주 수요일이었다. 세연 엄마한테서 전화가 왔다. 세연이 이번 주 금요일에 체험학습을 하겠다고 해서 신청하니 허락해 달라는 요청이었다.

중2 교실이 늘 천방지축 상황이긴 하나 코로나19로 어수선하고 들쑥날쑥 오가는 날이 이어지는 터라 그나마 학교에 나오는 날만이라도 결석하지 않길 담임으로서 바라온 터다. 하지만, 학교에 가지 않고 체험학습을 하겠다는 걸 허용하는 세연 엄마의 요청 사유가 분명 합당할 거라 여겨 그러마, 했다. 코로나바이러스 감염과는 무관하다는 건 확인했다.

수요일 오후에 세연 엄마에게서 전화가 왔다. 연 4주 째다. 이번에는 먼저 묻는다.

"어머니, 이번 금요일에도 세연이 학교에 올 수 없나요?"

"번거롭게 해서 죄송합니다."

"체험학습을 통해서 진로 경험을 하면 좋지요. 체험학습 활동 보고서는 제출하라고 했어요."

"작성하고 있는 거 봤어요. 곧 내겠지요."

"'자연생태 보호 활동'이라고 신청서엔 적혀 있던데? 좀 구체적이진 않지만⋯."

"세연이가 말하지 않던가요?"

"어머니가 더 잘 아시겠지만 말수가 적은 아이잖아요. ⋯세연이, 너무 예뻐요. 제가 아이들 간 뒤 교실 정리를 가끔 하거든요. 세연이가 도와줘요. 도와달라 하지 않았는데도."

"속에 뭐가 들었는지 잘 모를 때가 있는 아이이긴 해요. 사실은 세연이가 먼저 제안해서 하는 공동활동이기도 해서 저는 좀 부담스럽긴 합니다만, 나중에 세연이 통해서 듣길 바래요. 고맙습니다, 이해해 주셔서."

"공동활동이라면⋯어머니랑 함께 하는 활동인가요?"

"같은 장소는 아니지만, 그런 셈이지요."

세연 엄마 또한 답이 묘연하다. 이러구러 더 알려 하지 않았다. 보고서를 보면 알 수 있으리란 생각에서다. 활동보고서를 아직 제출하지 않은 세연을 재촉하진 않았다.

마침, 교실을 정리하는데 세연이가 남아서 돕길래, 물었다.

"세연아, 체험학습 어때, 재밌어?"

"…."

아무렇게나 던져진 종이뭉치를 주어 휴지통에 담은 뒤 세연이 빙그레 웃음만 머금는다. 삐뚤빼뚤한 책상을 조금 가지런히 놓으며 나도 세연을 향해 빙긋 웃음을 건넨다. 어지간히 정리를 마치자, 세연이 타블로이드판 신문을 교탁 위에 놔두고 교실을 나선다. 지역신문 최신판이다. 뭘까? 하면서 신문을 뒤적인다. 5면 하단에 큼지막하게 실려 있는 사진 두 장에 시선이 확 꽂혔다. '엄마와 딸'이란 제목으로, 내용은 이렇다.

엄마는 환경운동과 관련하여 모 기업이 명예훼손 혐의로 고소한 00환경운동연합 사무처장의 무혐의 처분을 바라며 법원 앞에서 1인 시위를 하고 있고, 시청 앞에서 "기후위기 청소년 행동"이 주최한 '미래를 위한 금요일(Fridays for Future, FFF)' 집회 모습 중 엄마의 딸, 세연을 동그라미 안에 넣어놓은 사진이다.

나는 아, 탄성을 내지르며 세연을 불렀다. 엄지 척을 해주고 싶어서다. 세연은 어느새 교문을 벗어나고 있다.

그
순간,

　정지선을 막 넘자 신호등이 빨간불로 바뀌었다. 힐끗 주위를 살피고 사거리로 들어섰을 때 클랙션을 세게 때리며 진짜 갖고 싶은 외제차가 달려들었다.

　"야이, 거지 쌔꺄. 디질라고 환장했냐."

　"X새끼, 쌩까고 있네."

　핸들을 인도 쪽으로 꺾으며 욕설을 날렸다. 간발의 차로 피했다. 행인들 비명소리를 뒤로 하고 준영은 유유히 속도를 높인다. 세 개의 겹치기 주문에 배달통이 꽉 차 있다. 그나마 음식이 밀리지 않은 듯해 다행이다. 주문자들은 10여 분 늦었어도 도로 사정이 나빴다며 먼저 사과하면 대개는 봐주고 넘어가지만, 음식물이 흘렀거나 식어버리기까지 했으면 인상을 잔뜩 찌푸렸다. 반품까지 들먹였고, 그런 적이 없지 않다.

　세 번째 집에선 아저씨가 받는다. 아, 아는 얼굴이다. 바쁘다 보니, 헬멧을 벗지 않은 게 다행이다. 눈길 마주치지 않으며 음식물을 건넨다.

"맛있게 드세요."

"준영이 아니냐?"

준영이 돌아섰다가 다시 '맛있게 드세요' 한 번 더 인사하고는 마침 내려오는 엘리베이터에 몸을 싣는다. '쨔샤, 큰 평수에 사네.' 그리고는 1년 전의 담임 얼굴을 지운다. 자퇴를 적극 말렸던, 교문을 들락거리며 가방을 메고 다니던 기간을 통 털어 그나마 기억에 남는 꼰대이기는 했다. '준영아, 몸조심해.' 하는 소리가 엘리베이터 안에까지 또 들렸다.

아파트를 빠져나오자, 콜이 계속 들어왔다. 이번에도 방향이 같은 겹치기 주문에 준영은 환호했다. 벌써 네 번째다. 오늘은 찐하게 한잔 쏘아도 되겠다, 싶다. 형들과 만날까? 은지를 만날까? 은지와는 다투고 일주일이나 연락 없이 지내고 있다.

배달 앱에 뜬 매장을 향해 엑셀을 당긴다. 국민은행 사거리에 이르는 도로는 모든 방향에서 늘 빽빽하다. 이쪽 차선이 빨간불인데, 저쪽 차선이 비어 있을 때면 차선을 넘어갔다 다시, 이쪽 차선으로 오곤 한다. 저쪽 차선 신호가 풀리고 이쪽 차선으로 넘어와 칼치기하다 신형 아반떼 백미러를 살짝 건들고 만다. 재빨리 사과해야 한다. 쌓인 경험이다.

"죄송합니다. 죄송합니다."

40대 초반쯤으로 보이는 운전자가 차 문을 열고 내리려다, 신호가 바뀌고 뒤에서 클랙션을 계속 때리자 백미러를 힐끗 보고는 그냥 간다. 이럴 때면 쫄게 된다. 사거리에서 곡예 운전하다 걸려 벌금 4만원을 내봤지만, 차량 파손은 하루 벌이만으로 안 되기 때문이다. 비가 오고 눈이 내리는 날에 하는 칼치기는 잔뜩 긴장해서, 장갑을 낀 손에 땀이 배기도 한다. 아무튼, 다행이다. 사거리를 지나고, 매장에 이르기 전에 배달 동료 형 둘에게 문자를 날린다.

'망고 형, 바나나 형! 오늘 어때?'

'오케이.'

'땡큐, 콜!'

1초도 안 걸리고 동시에 문자가 떴다. 만나는 시간과 장소가 늘 같아서 따로 알릴 필요는 없다. 매장에 들러 음식물을 배달통에 싣자 무게감이 느껴진다. 앱 접속도 곧 땡이다. 기분이 콩콩 튄다. 다시 국민은행 사거리로 접어든다. 빨간불이 떴으나, 준영이 액셀을 잔뜩 끌어 올린다.

그때, 오토바이 뒤쪽을 치받는 굉음이 귓전을 때렸다. 길바닥에 깔렸고, 통증이 왔다. '몸조심해'라던 꼰대의 말이 그 순간, 아빠 얼굴보다 먼저 떠올랐다.

이 비정하고
냉혹한

초등학교 동창인 세연의 권유로 '미래를 위한 금요일(Fridays for Future, FFF)' 4차 집회에 처음 가서부터 놀랐다. 또래인 중딩이 고딩보다 더 많아 보여서였지만 주장하는 내용 또한 너무나 신선해서 오히려 당혹스럽기까지 했다.

다빈은 5차에 이어 6차 FFF부터 함께하기로 했다. 이후, 행동 변화의 요구라고 느끼기에 충분한 몇 가지를 실천하기가 사실 쉽지는 않았지만 실행하려 노력했다. 세연이 37분 정도 걸어서 오지만 다빈은 9분 거리였기에 차를 타지 않고 등·하교하기는 문제가 될 수 없었다. (수돗)물 아껴쓰기가 또한 어떻게 기후위기와 연관되는지 이해하면서부터 집안의 변기 수조에 벽돌을 넣고 부모님으로부터 호응까지 얻은 터다.

"니네 학교도 매일 고기가 나오잖아. 어떻게 안 먹어?"

6차 집회 뒤 세연, 창호와 분식집에서 떡볶이를 먹으며 듣는 창호 이야기는 충격 그 자체다.

학교급식에서 단 하루도 빠지지 않고 식탁에 오르는 고기류를 먹지 않는다는 생각을 다빈은 지금껏 해본 적이 없다. 고기류가 식탁에 오르지 않는 날이 이틀 연속되면 급식의 질이 떨어졌다고 원성이 자자하다. 심지어 부모님들도 들고 나선다. 식단을 미리 꿰고 있는 아이들 몇몇은 고기류가 나오지 않는 날은 일컬어 지역경제 활성화에 도움을 준답시고 학교 밖 분식집, 중국집 심지어 국밥집까지 들락거리곤 한다. 동물성 단백질을 급식에서 섭취하고 보충하는 걸 그동안 마다하지 않은 다빈은 온몸에 심한 타박상을 입은 듯 통증을 느낀다. 논쟁에서 뒤처진 듯한 열등감이 밀려오는 걸 어쩌지 못한다.

"'고기로 태어난 소는 초원을 본 적이 없다'〈시사in〉 2020.9.29.680호"

창호의 대답에 세연이 다빈을 건네보며 엄지 척을 한다.

"멋지다. 시(詩)네, 시. 안 그래, 다빈아?"

세연이 다빈에게 또 묻는다. 창호를 다시 보게 되었다는 엄연함에 다빈은 더 놀란다. 초딩 때 창호는 또래의 먹잇감이었다. 나약하고 꾀죄죄한 애였다. 다빈은 맞장구치는 세연에게서 시선을 옮겨 괜스레 천장을 올려다본다.

"울 아버님께옵서 〈시사in〉이란 주간지에서 봤다며, 며칠 전 저녁 밥상머리에서 그 표현을 몇 차례나 읊으시더만."

"니네 아빠께옵서도 멋진 분이세요, 네."

"근데, 엊저녁 밥상에 오른 삶은 돼지고기에 맨 먼저 손이 간 분이 누구냐? 울 아버님, 크크."

세연과 창호가 손뼉을 치며 웃는다.

다빈은 둘과 헤어진 뒤 풀이 죽은 채 집에 왔다. 고기류를 먹지 않기로 한 게 벌써 세연은 5주, 창호는 19일째라 했다. 책상에 앉아 창호가 내뱉은 말을 곱씹는다.

'고기로 태어난 소는 초원을 본 적이 없다. 고기로 태어난 소는 초원을 본 적이 없다.'

다시 되뇐다.

'고기로 태어난 소는 초원을 본 적이 없다.'

다빈은 세연에게 딱 한 마디 건네지 못한 게 아쉽게 닿는다. 그건 시(詩)가 아니었다. 인간의 식탁에 오르려 도살당하는 소에겐 비정하고 냉혹한 현실이었다.

그날 저녁이다. 식탁에 오른 제육볶음에 다빈은 눈길을 주지 않는다. 학교급식에서도 고기류를 먹지 않겠다고 다짐한다. 이 비정하고 냉혹한 표현에 붙잡힌 다빈의 꿈이 시인(詩人)이기에.

하지
못한 말

    세연이 미적거린 데다가 급식실이 좁은 탓이기도 하지만 이번 달은 3학년→1학년→2학년 순으로 급식하기에 2학년인 연주와 세연은 빈자리 찾기가 수월하지 않다. 그럴 때면, 샘들 식탁 쪽 빈자리에 앉기도 한다. 연주와 세연이 1학년 담임을 맡고 계신 세 분 샘들 옆에 앉으며 목례를 건넨다. 받는 둥 마는 둥 식사하면서 대화를 나누던 샘 중 한 분의 말을 언뜻 듣고 연주는 귀를 의심한다. '…그러니까? 쌀만 친환경이면 뭐해.' 하는 좀 화가 묻은 듯한 발언 때문이다. 그럼, 국과 반찬은 친환경이지 않다는 건가?

    "들었지, 너도. 쌀만 친환경이라잖아?"

    샘들이 자리를 뜨자마자 연주가 호들갑을 떤다.

    "양념류가 친환경 아니라는 이야기야."

    연주는 이해가 되지 않는다.

    "배추, 고추, 상추, 무 등등 채소도 친환경이라고 했잖아, 니가?"

"된장, 고추장, 간장 등은 친환경이 아니라는 거지."

"그럼 뭐야?"

연주는 이해가 될 듯 말 듯하다. 딴은, 자존심도 상한다. 모르는 게 없는 세연이다. 환경 문제에 관한 한 세연은 학교에서 단연 짱이자, 상징이다. 거기에 급식 문제까지.

"된장, 고추장, 간장이 양념류잖아. 그걸로 국과 반찬을 만들고. 그런데 그 원재료가 수입산이고, 그게 GMO일 가능성이 크다는 의미야."

연주는 GMO에 대해 수업 시간에 들은 적이 있다.

"된장국의 된장, 떡볶이에 들어가는 고추장이 GMO일 수 있다는 거네, 그럼."

"응"

연주는 짧게 대답하는 세연이 좀 의아스럽다.

"근데, 너는 왜 이 문제에 대해선 나서지 않아?"

기후위기에 대해선 늘 센 주장을 팍팍 내지르는 세연이다. 다시 다그친다.

"GMO는 지금 먹는 거고 기후위기는 좀 나중이잖아. 안 그래?"

"…."

말없이 밥만 먹던 세연과 헤어져 자기 반으로 돌아와서도 연주는 궁금하다. 학교 밖, '미래를 위한 금요일' 모임에는 앞장서면서 학교 안의 문제점에 대해선 입을 다물고 있는 세연을 이해할 수 없다. 일종의 경쟁의식이 연주의 내면을 자극한다. 연주는 급기야, 이 문제를 붙들고 나서야 한다는 생각에 이른다.

초빙교장 샘은 좀 달랐다. 교장실은 언제든 열려 있으니 오라, 했다. 학생회 임원들을 교장실로 불러 세 차례나 다과회를 겸한 만남을 가졌다. 학생회 차원에서 건의한 몇 가지를 해결해주기도 혹은 어려운 이유를 설명해주기도 했다. 하교하기 전 교장실로 갔다. 마침 교장 샘 혼자 계신다.

"어서 와요. 학생회 생활부장님이지? 무슨 재미난 이야기가 있어요."

기억하고 있어 기분은 좋으나, 오늘 알게 된 사항에 대해 다짜고짜 물었다. 교장 샘 설명은 이랬다.

학교 차원에서 논의를 했던 문제다. 일이백 원의 급식비를 올려서는 해결이 안 된다. 근데, 큰 폭의 인상은 학부모의 동의를 얻기도 쉽지 않다. 다른 학교와 급식비의 차이에 따른 형평성도 문제를 어렵게 한다. 시청과 교육청에 개선을 요구했다. 하지만 예산이 부족하다며 회피한다…등. 설명을 듣고 고개를 끄덕였다. 그러면서도, '돈 때문에 우리에게 GMO를 먹인다는 거네요, 그럼. 어른들이.' 하는 말이 입가를 맴돌았다. 그러함에도 교장실을 나오고 말았다. 연주는 지금 속상하다.

앵글의
시각

　형식은 4월을 보내면서 '내가 뭘 하고 지냈지?' 하는 의문을 품는다. 한 달 내내, 귀연과 만나고 카톡을 주고받으며 보낸 게 다였다, 라는 생각에서 벗어나지 못한다. '그게 뭐 어때서?'라며 '타자적 상황에 대한 지나친 배려 아냐?' 하는 귀연의 반문에 '그러긴 하지만…'이라며 말꼬리를 감추긴 했다. 나름 치열하게 몸과 맘을 쏟고 부으며 살았고 지금도 그러(?)하니, 이래도 괜찮지 않을까? 자문하고 자답을 하면서도 가슴 한켠으로 치고 들어오는 부끄러움 같은, 아니 쪽팔림과 더불어 오는 낯 간지러움을 떨쳐내지 못한다.

　5월을 맞으면서 4월을 되새기다 아무려나, 쑥스럽고 난망하다. 귀연과 다시 만나는 게 2년 만이다. 우연한 재회를 통해 이뤄진 관계의 복원인 까닭에 새삼, 새롭기는 하다. 그러저러하다 보니 이쪽저쪽, 좌우 상하, 여기저기, 이런저런 연줄과 판단이 흐트러진 듯 4월이 후다닥 가고 말았다. 4월을 보내며 메모리 카드에서 컴퓨터로 옮겨 저장한 한 달 치 사진을 호출하여 보게 되고 또한 귀연과의 관계를 되짚어보다 그만 세월호 관련 집회 사진에 이르러, 잠시 호흡을 멈춘다.

　형식은 직업상 언제 어느 때고 렌즈를 열어둔 채 다닌다. 사진기에 담아내는 세상의 사건, 사고, 상황은 순간이다. 놓쳐버리면 영원히 감춰지거나 현실 재생이 어려운 머릿속 영상에 머무르고 만다. 형식은 언제나 카메라 렌즈를 들이밀 찰나를 포착하려 했고, 그렇게 하고 있지만 아직 '한방'을 거머쥐진 못했다. 그럼에도, 잊을 수 없는 사진 가운데 세월호 관련 사진이 적지 않다. 내 컷이건 다른 기자들 그림이건 4월이면 더 가까이 다가왔다.

　특히, 경향신문 강윤중 기자가 2016년 2월, 앵글에 담았다는 〈아이들이었을까〉 하는 제목의 한 컷은 여전히 생생하게 가슴을 콕콕 후빈다. 단원고 세월호 생존 학생들 졸업식 날이었다. 한 떼의 새의 무리가 너무 푸르러서 눈이 더 아렸던 단원고 하늘을 배회한 뒤 서편으로 날아가는 순간을 놓치지 않고 건져냈다, 한다. 지금도 그 사진을 보면 울컥한다.

　딴은, 그 사진 때문에 4월을 내려놓고 있는지도 모른다. 귀연과 세계관적 사유의 견해차로 절연한 이후 어느 사건 현장에서 우연히 마주치게 되고 견해의 간극은 그대로 둔 채 다시 만나는 것 역시 4월이다. 세월호의 잔인한 무상함이 옆구리를 옥박지르는 터여서 한편으론 귀연에게 더 가까이 다가가는 듯하기도 하다.

어쨌거나, 4월의 숱한 현장은 그 사진 이후 더욱 아프게 닿았다. 외면하기도 했다. 앵글을 들이대면서도 속내는 흔들리곤 했다. 5월이 계절의 여왕이라면서도 '오월 광주'로 인해 '잔인한 오월'이라 하듯 붉은 피를 보듬고서야 민주주의가 곧추 세워지는 이 땅의 목마른 민주주의 탓에 뼈마디 더욱 욱신거리게 하는 4월이다. 제주 4·3과 4·16 그리고 4·19, 올해는 미얀마의 저항까지 더해진 4월… 4월 15일, 집회 현장에서 찍은 사진이 눈에 들어온다.

그날은 평·통·사도, 민노총 쪽도, 청년 연대도, 여타 부문과 부분 등 제 시민사회 단체가 달라진 게 없는 세월호 7년의 진상규명을 촉구하는 시위에 결합했다. 코로나19 방역 사항을 준수하며 침묵의 손피켓 시위가 끈끈하게 진행됐다. 해거름녘이 지나고 뒤늦게 시위에 동참하는 숫자가 점점 많아져 한 컷을 찍기 위해선 좀 더 기다려야 했다. 뒷줄에 전교조 해직 선생 몇이 보였다. 그들 또한 거르지 않고 집회에 모습을 보여 온 터다. 그들은 요사이 정부에 강하게 요구하고 있는 '해직교사원상회복' 팻말을 들고 있다. 퍼뜩 인지부조화란 느낌이 확 왔다. 그들의 목소리가 그들만의 외침으로 여겨졌다. 전교조의 교조적 경향성으로 읽히었다. 세월호 7년에 대한 오늘의 질문이고 질타여야 마땅하지 않은가? 귀연도 저쪽에서 카메라를 들고 있다. 저들을 두고 시비하는 걸 귀연은 '타자적 상황에 너무 민감한 네 탓'이라고 역시 규정할까?

형식은 그쪽으로 앵글을 맞추지 않았다, 끝내.

'석유시대의 종말'은
어디에서 오나?

　가능성이 희박하다고 봤다. 그런데 이뤄졌다. 회사 내 동아리는 이형기 대리와 주 과장이 주축인 '가투'가 그나마 활성화되어 있다. '가치 있게 투자한다'는 주식투자 동아리다. 회사는 동아리 활동에 지원을 아끼지 않으나, 기대만큼 활발하진 않다. 이 대리가 코로나19 팬데믹 시대에 주식시장이 강세장인 터 공부 필요성이 있다며 회사에 일타강사를 초빙해 달라, 요청했다. '가투'와만 좌담 형식으로 초일류 컨설턴트와 만나게 되었다. 파격이라 여겼지만 회사의 논리는 분명했다. 복지 에센스라는 거였다.

　"열두 분 앞에서 강의하기는 첨입니다. 대기업이라지만, 상상 초월입니다. 주식시장의 핫 이슈에 대해 먼저 짚어 보지요."

　"엑슨모빌이 다우지수에서 퇴출된 거 아닐까요?"

　엑슨모빌이 3분기 내내 이익 내지 못한 데도 투자액을 늘렸다. 액티브(Ative)한 투자 성향을 염두에 둔 질의다.

"이형기 대리가 엑슨모빌에 투자하셨나 보네요. 석유정제 산업 체인 여러분 회사의 전망도 예측할 수 있는 상징성을 지닌 이슈라고 봅니다. 엑슨모빌과 석유산업의 앞날에 대해 이해가 되어 있겠지만 간략하게 짚어 보자면…,"

'현대 산업사회의 혈액' 같은 석유[1]가 곧 고갈될 거란 주장은 줄곧 있었다. 미국 쉘연구소의 지질학자 하버트(King Hubbert)는 1970년대 이후엔 석유 생산량이 감소하고 곧 고갈될 거라고 외쳐댔다. 1956년부터. 2010년을 정점으로 석유 생산이 내리막길 걷게 될 거라는 국내 몇몇 교수의 주장 역시 미국이 수압파쇄법을 고도화하여 셰일혁명을 일으키자 더는 논할 여지가 없어졌다는 게 주류적 견해다. 셰일혁명에 의해 가격이 떨어지는데 엑슨모빌은 해외 원유개발 투자 등으로 결국 40% 가까운 주가 하락을 보았다. 코로나19 팬데믹으로 석유 소비가 줄면서 엑슨모빌 가치는 더 떨어졌다. 특히 기술주 비중을 중시하는 다우지수가 기술주 비중 유지를 위해 세일즈포스(Salesforce)를 택했다[2]. 그러나, 엑슨모빌의 주가 하락이나 다우지수 퇴출의 이유로 석유시대의 종말, 석유자본의 파산을 예단해서는 안 된다. 토탈, BP(브리티시 페트롤리엄), 로얄 더치 쉘, 셰브론 등은 어쨌거나 영업 이익을 냈다[3]. 엑슨모빌 투자액을 늘려도 되리라 보는데, 패시브(Pacive) 투자를 하라는 요지다.

"엑슨모빌도 감원과 투자 회수 등을 거치면 회복세를 탈 거라고 보는 건가요?"

위 석유 메이저들의 영업 이익이 정작 인력 감축과 생산비를 절감해서 얻은 이익임을 주 과장 또한 알고 있다.

"에너지원의 전환이 2, 30년 사이에 이뤄지지 않을 거라는 사실이지요."

"세계 승용차 및 소형 상용차 시장에서 전기차 비율이 2030년에 34%, 2050년에 95%에 이[4]를 거라고 보고 있는데, 투자 변수는 미래 먹거리 여부잖아요?"

"석유 동력에서 에너지원 대체 변환을 2050년 이후로 볼 때, 2030년 즈음으로 보는 경향도 물론 있지만, 엑슨모빌의 BPS(Book-value Per Share)가 급격히 요동을 치진 않을 거라는 거지요."

주 과장은 초일류 컨설턴트 역시 이 대리의 투자 감각과 별반 다르지 않다고 판단한다. 엑슨모빌은 아니라고 여긴다.

－석기시대가 돌이 부족해서 끝나지 않았듯이 석유가 모자라지 않아도 석유시대는 끝날 것이다. －[5]

사흘 뒤 이 대리는 주 과장에게 메세지를 보냈고 엑슨모빌 주식을 전량 매도했다. 석유시대의 종말은 동력원 대체로부터가 아닌 주식시장에서 오고 있었다. 석유 메이저들의 주가는 추락세를 면치 못했다. 주 과장도 몽땅 털었다고 문자를 보냈다.

1. 『석유시대 언제까지 갈 것인가?』 P4, 이필렬, 녹색평론사, 2002. 2. "엑슨모빌의 퇴출에서 바라보는 시대의 변화" Hoi Tube, 2020.9.3. 3. "다른 석유메이저는 이익 내는데…엑슨모빌만 '3분기 연속 적자' 왜?" 〈한국경제〉 2020.10.31. 4. "석유시대 끝났다…작년이 정점, 코로나 이전 못갈 것" 파이낸셜뉴스, 2020.9.14. 5. 셰이크 아흐메드 자키 야마니 전 사우디아라비아 석유장관, 2000년 9월.

여기는
지금도

　부산 출장은 늘 설렌다. 아내와의 연애 시절 추억이 되짚어지고 추억의 장소에 갈 수 있어서다. 추억의 장소인 자갈치 시장에서 꼼장어에 한잔하게 되는 기대감만으로도 즐겁다. 출장지가 좀 까다롭기는 할 것 같지만 한두 번 겪는 일도 아니기에 대수롭지 않게 여긴다. 휴일인 석가탄신일 전날이어서 가족들에겐 미안했다. 마감에 쫓기다 보니 도리 없는 출장이기도 하다. 느긋한 맘으로 다녀오자며 옷깃을 여민다.

　해군작전기지 내 미해군사령부가 있는 부산항 8부두 가까이에서 촛불시위가 벌어지고 있는 현장 취재다. 2016년 해군작전기지 부근으로 이전한 미해군사령부는 용산기지에 세워뒀던 '천안함 추모비'를 옮겨 건물 입구에 세움으로써 동맹의 표상으로 알려진 부대이기도 하다.

　"대표님, 오늘이 며칠 쨉니까?"

강 대표는 단 일 초의 머뭇거림 없이 138일 됐단다.

"음…, 1월 1일부터 시작했다는 계산이네요."

"올개 겨울은 부산도 억수로 추바가 그야말로 엄동설한에 나섰꾸마요."

강 대표는 부산항 8부두가 내려다보이는 남구 우암동 달동네에 산다. 우암발전위원회 대표를 올해로 6년째 맡고 있으며, 달동네에서 42년째 살고 있단다.

취재한 바로는 맹독성 물질 3종인 '보툴리늄, 리신, 포도상구균'의 국내반입과 실험은 세 군데의 미군기지에서 그동안 줄곧 해왔다. 군산, 오산, 평택 미군기지 내에서 이뤄지던 생물무기 실험이 미해군사령부의 부산 이전으로 한 곳이 더 추가로 가능해졌다고 볼 수 있다.

"동네 주민이 매일처럼 이렇게 나오고 있나요?"

"그런 물질이 저짜 미군기지에서 실험되고 있다카는 걸 퍼떡에 알았으마 첨부터 기지 이전을 반대했을 낀데, 우리가 사느라 바쁘다 보이까네 인자사 나서게 되었다 안 카나."

그 사실이 알려진 건 2016년 기지가 옮겨 가면서다. 4년이 지난 2020년 말, 부산 시민사회단체에 의해 미군기지 내 '세균실험실 폐쇄를 위한 주민투표추진위원회'가 결성되고 그 심각성을 깨닫게된 동네 주민들이 촛불시위에 나섰다, 한다. 특히, 보툴리늄은 1g 만으로도 100만 명을 살상할 수 있다고 알려진 지구상에서 가장 강력한 독소다.

"부산시건, 미군기지에서건 무슨 반응이라도 있나요?"

"부산시는 권한 밖이라카는 거 아인가베. 시민이 죽고 사는 문제를 소관 사항 아이라카모 우리 같은 사람들은 어디 가서 하소연한단 말입니꺼. 미군에서는 방어용 연구라 아무런 피해가 업다꼬 해명했다카는데…직선거리로 300미터 떠라진 우리 동네로 저기서 부는 바람에 세균이 실려 온다카모 다 죽게 된다, 아입니꺼. 우리야 인자 살만큼 살았지만 우리 손지들은 우짤끼고. 자들 말대로 안전하다카모 뉴욕이나 워싱턴에서 해야제 와 하필 부산이고, 우리가 사는 이짜냐고."『시사 IN』 제711호(2021. 5. 4.), P32~36, '원폭만큼 치명적인 부산항 8부두 세균실험' 인용 및 참조

시사주간지 소속으로 서울에서 왔다는 기자의 취재에 또한 그다지 기대하지 않는 눈치다. 주간지 기자에게 무슨 힘이 있으랴, 싶은 속내를 읽을 수 있다. 어쨌거나, 취재를 마치며 '오월 광주'의 미국 역할까지 떠올라 강 대표에게 한 마디 건넨다.

"오늘이 5월 18일인데, 여기는 지금도 5·18이네예."

심우도

기수는 차를 몰고 절에 가면서도 눈물이 났다. 장맛비는 여전히 장대처럼 퍼부었다. 와이퍼를 최고로 돌려도 시야가 흐렸다. 눈물까지 겹쳐 운전이 쉽지 않았다. 같이 가겠다고 나서는 아내를 떼어놓고 온 게 그나마 다행이라, 여겼다. 이러다 절벽으로 구르지 싶은 거였다. 올라가는 길은 그래도 괜찮겠지만 장대비가 계속된다면 내려가는 길은 더 위험할 게 뻔했다. 오십세 두의 소 중 겨우 열한 두가 살아 있다니…빚 감당을 어찌할 수 있단 말인가? 아내가 기어이 함께 가겠다고 하는 의중 또한 혹 기수가 그동안 일군 업(業)을 업(殃)으로 여겨 생을 버리지 않을까, 하는 깊은 우려에서 기인한다는 걸 모르지 않는다. 끝내 옆 좌석을 내주지 않고 홀연히 액셀레이터를 밟은 건 그럴 생각이 전혀 없는 게 아닌 까닭이었다. 기수는 오르다 구를 순 없다는 걸 깨닫는다. 내려가는 길에 굴러야 그나마 사고일 터였으므로 올랐다. 절에 이르렀고, 소들을 만

71

났다. 늘 보아오던 자식들 같았으니 어헉, 눈물이 났다. 아, 살아 있다니…하물며, 절에까지 갔다니, 어떻게 십여 리 길을 올라갈 수 있었단 말인가? 여기가 살 수 있는 곳이라 여겼단 말인가?

명우(茗虞)는 주인에게 이끌려 빗길을 내려가는 열한 마리 소들을 우두커니 바라본다. 우산도 쓰지 않은 채 한참을 바라보던 명우는 두둑 떨어지는 눈물을 빗물과 함께 얼른 소매로 훔친다. 요사채로 향하지 않고 법당에 든다. 경(經)을 되뇐다. 독경에도 여전하다. 소들을 보내고도 심란한 마음이 가라앉지 않는다. 안전한 곳이라며 오른 처소가 무색하다. 무릇 명(命)을 이어갈 수 있는 곳이 여기라면 그들을 품었어야 했다. 절집에서 축생을 거느리는 것이 어려운 일이거니와 값을 치르기 또한 벅찬 처지이긴 하였다. 도반들 동의를 구하는 건 더 어려운 일이었다. 절집에 머무는 하루 반나절 동안 명우는 그들을 참 애틋하게 돌봤다. 어린 날, 속가(俗家)에서 풀 베어다 주던 기억이 새록새록 일었다. 절집이 좁아 둘 데가 마땅하지 않았으나 아랫마을 처사 둘을 불러 마당에 차일을 치고 나무난로를 피워 저체온으로 떨어지지 않도록 조치했다. 물은 주었으나 먹이는 어찌할 바를 모르는 터에 아랫마을 처사가 볏짚을 구해와 먹였다. 주인이 고맙다고 연신 주억거렸다. 명우는 의아하리만치 몹시 냉정하게 그와 그들을 보냈다.

생태농업하겠다고 귀농한 기수가 이른바 관행농업인 생업농업의 길로 접어든 건 궁핍해지는 삶의 질곡으로부터 자유롭지 못한 연유였다. 전적으로 그랬다. 현실은 무자비하게 기수를 옭아맸고, 돈푼이나마 쥘 수 있다는 소에 꽂혀 4년여를 보낸 기수다. 월령 27개월쯤 도축장으로 보내며 안타깝고 보낸 뒤엔 늘 마음이 여위는 걸 느껴온 바다.

애당초 우사(牛舍)에서 태어나 보지 못했던 큰물이 진 강을 보고, 걸어보지 않았던 네 발로 인간들의 길을 걷고, 산모퉁이를 돌고 돌아 절집에 들었으니, 이곳이 무사(無死)의 터임을 그대들은 어찌 깨달았단 말인가? 우사로 다시 돌려보내며 애섧고 서글픈 명우다. 여직 세사(世事)에 흔들리는 불초, 그대들 생로병사인들 어찌 감당하오리.

다시 사지(死地)로 소를 몰고 가는 기수는 스님의 차디찬 눈빛을 도려내지 못한다. 소걸음에 맞춰 몰던 차에서 내려 세찬 빗방울에 온몸을 내맡긴다. 소들이 따라 멈칫한다.

담배 연기에 한숨을 섞어 내뿜는다, 기수가… 독경이 여전히 어지럽다, 명우는.

멋쩍은
웃음

"갠지스강에 돌고래가 올라오고, 영국 웨일즈 란두드노에선 야생염소가 '사회적 거리두기'를 하면서 인적이 끊긴 도로를 산책했다잖아, 하하."

저녁 8시 뉴스 화면에 뜬 뉴델리의 맑은 하늘을 보며 나는 짐짓 들떴다. 이태 전, 아내와 함께 인도 여행에서 본 뉴델리의 대기는 가스실 수준이었다.

"농담으로 여기기엔 뼈가 있네."

"동물들도 본능적으로 바이러스에 대한 두려움이 있지 않을까?"

"그러면 더욱 인간 세상에 발을 들이지 말았어야지."

"삐딱선을 타보고 싶은 동물들도 있지 않겠어? 『갈매기의 꿈』 조나단처럼 말야. 코로나바이러스 시대에 인간들은 어찌 사는가 보고 싶었을 거야, 쌤통이라며. 야생염소가 사회적 거리두기를 하며 걷는 모습은 인간에게 던지는 돌직구인 셈이지."

"거기서 조나단이 왜 나와? 당신도 오늘따라 삐딱선을 타고 싶은 마음이야?"

"'인간이 아프니 지구가 건강해진다'는 역설을 이제라도 확인하는 건 다행이잖아."

퇴직 후 관심을 두고 있는 분야가 많다. 5평 남짓의 텃밭을 자연 생태적으로 기르는 것부터, 주 1회로 음주를 줄이기 하며, 사회 현상을 톺아보는 온라인 강의 듣기도 그중 하나다.

"Q 선생 강의 듣더니 화제가 다양해졌어, 당신."

Q 선생은 특히 지구환경 문제에 천착해온 사회문화비평가다.

"오늘 강의 중에 지구위기 관련 시계 이야기가 나왔어. 세 개가 각각 제정된 이후 지구 종말을 알리는 자정을 향해 빠른 속도로 움직이고 있다는 거야. 지구위기의 속도감을 느끼지 못하는 우리 같은 세대들 때문에 후세들은 '30년 후의 집단자살 시도'라는 미래의 운명에 직면해 있다고 몇 번이나 되뇌는데, 섬뜩했어. 당신이나 나나 그때는 지구상에 없을 테지만 우리 자식들, 후세들은 어찌해야 해."

"사서 걱정하는 것도 팔자야. 근데, 무슨 무슨 시계가 있대?"

"'환경위기 시계, 기후위기 시계, Doomsday Clock 그러니까, 지구종말 시계'."

"앞에서 말한 두 시계는 알 것 같은데 뒤, 그 시계는 종교 관련

이야?"

"아니, 핵전쟁 위기를 알리는 시계라네. The Doomsday Clock 이 자정까지 100초를 남겨 놓고 있다는고만. 미국과 중국이 신냉전체제로 가면서 더욱 빨라지고 있다는 거야. 1947년에 발표한 이래 자정에 가장 근접했대. 근데, 핵무기는 그 자체가 인류의 파멸이라는 의미를 내재하는 터여서, 그 존재로 핵무력 억제력을 지니고 있다는 역설을 역설하는 주장도 있는데, 그건 모르는 것 같더라고. 한 마디 하려다 말았네."

"입으로는 환경, 환경하면서 손발은 못 고치는 당신 같은 사람이나 내세우는 주장이겠지. 말 안 하길 잘했고만."

마침, 담배 생각에 한 대 피우러 나서는데 음식물쓰레기통을 건네며 아내가 나무란다.

"건강, 건강하면서 술, 담배는 왜 못 끊나 몰라."

"좀 더 채워서 버리지, 그래."

가벼웠다.

"줄이고 줄인 5일 치야. 더워지니까 냄새나서 그때그때 버려야해."

엘리베이터를 막 타려는데, 아내가 따라 나와 또 지청구다.

"당신, 음식물쓰레기 어떻게 버리는지는 알아?"

종량제 카드를 받고 사용설명을 들으며, 멋쩍은 웃음마저 거두고 만다.

이러니,
또

" 'GS파크24'를 100% 인수했다던데, 이번엔."

국감 증인으로 세 번이나 부른 걸 지나치다고 힐난하던 기사를 떠올리며 족발집 강 사장이 카카오(Kakao)를 들먹인다.

"독과점 논란으로 주춤하더니만."

개인택시를 모는 현우는 카카오T에 가입해서도 콜이 늘지 않았다. 이용료만 올리고 원성이 거세지자 그나마 지난 정기국회에서 따진 게다.

"골목상권을 다 잡아먹는 대기업 프랜차이즈 행태야."

강 사장은 족발집까지 카카오가 치고 들어오면 갈아타야 하나? 염려를 내려놓지 못한다.

"이용료를 받지 않다가 가입 택시가 80%까지 늘자 이용료를 내라 하고 차츰차츰 올리는데, 이게 어디까지 갈지를 모르겠는 거야. 본색을 들어낸 거지. 카카오T에 가입했어도 일반택시 카카오

T한테만 콜을 몰아주니까, 우리가 들고일어날 수밖에 없었지."

일반택시 사업자와 그렇지 않아도 사이가 안 좋은데, 콜을 몰빵해주는 상황이 지속되자 갈등은 더 심해졌다.

"알다시피, 우리 엄니가 젊었을 때 점방을 했잖아. 그 점방들 다 망한 게 하루아침이야. 애들 코 묻은 돈푼이나 만지는 수준이었어. 쬐그만 동네에 근사한 슈퍼가 들어오니까 손님들이 그쪽으로 쏠리더라고. 대기업 24시간 편의점이 들어오자 슈퍼도 금세 문을 닫드만."

강 사장은 집안 내력까지 들추며 울분을 감추지 않는다.

"플랫폼 노동자 처우도 그렇고, IT 쪽도 갑질이 드러나고 있잖아. 이건, 한술 더 떠요."

"세 번을 부르면 뭐해. TV 중계 앞에서는 호통을 치다가 TV만 빠지면 갑질하는 쪽 손 들어주는 게 국0의원들인데. 국감 지나가니까, GS파크24 인수하는 거 봐."

"골목상권을 침해 않고 돕겠다는 말만 믿고 면죄부를 내준 꼴이지. 한 통속이라고."

국회와 카카오를 싸잡아 탓하는 건 강 사장과 현우만이 아니라 자매들도 이구동성이다.

"오늘 안주는 족발이 아니네."

"더 맛나고만, 맛나."

"배달로 보충하니까, 그나마 버티고 있는 겨."

"카카오가 일반택시에 콜을 몰아주니까, 우린 죽 쑤고 있어."

야참 시간대의 주문을 맞추느라 친구이면서 동서인 강 사장네 족발집에서 개인택시가 쉬는 날, 한 달에 한 번 현우가 배달을, 현우 아내가 족발 포장을 돕고 있다. 마지막 주문은 배달앱으로 보낸 뒤 동서지간 내외가 일컬어, '족맥'을 하는 타임이다.

"니 형부, 요즘 걱정이 태산 같아. 족발집까지 카카오가 프랜차이즈로 들어오나 싶어서. 카카오가 미장원, 네일숍에 꽃배달까지 꿰찼더라고. 오겜에서 오일남이 '이러다가 다 죽는단 말야'라고 외치잖아. 대기업이 들어오고 독점하게 되면 나머진 다 죽는 거야. 아무리 자본주의사회라고 해도 이건, 아니라고 봐."

"언니, 공부를 많이 했네."

"먹고 살라니까, 이것저것 봐 지고 눈에 그런 게 들오더라고."

"처제도 카카오 야나두 영어로 조카들 워홀(WorkingHoliday) 준비시킨다며, 언니처럼."

"이 집 저 집, 다 카카오에 목줄이 잡혔고만."

"이러니, 또 그러지. …걔네들 병 못 고쳐."

새가
죽었다

"여보, 새가 유리창에 계속 부딪히네."

아내가 작업실로 쓰는 별채에 바깥 풍경을 환하고 시원스레 보려고 벽마다 유리창을 새로 냈는데, 통유리로 된 남쪽 창문에 새가 날아와 자꾸 부딪혔다.

"당신이 걸어놓은 저 그림이 창에 비치는 걸까?"

아내가 그린 소나무 수묵화가 창문을 통해 보였는지 유리창에 앉으려다 주르르 내려가기를 몇 차례 반복하고는 날아갔다. 같은 새 같기도 하고 아닌 듯도 했다. 벌써 여러 날이다.

"솔거의 '노송도(老松圖)'에 새들이 앉으려다가 죽었다는 전설 같은 전설을 말하는 거야."

"그렇지 않다면 유리창에 앉으려고 저리 푸드덕거리다 가냐고. 며칠째 저러잖아."

"저러다 죽으면 어떻게 해. 그림을 치워볼까. 새들이 투명 방음

벽과 고층 건물 투명 유리창을 창공으로 알고 날다가 부딪혀 죽는다는 거야. 그런 기사를 봤어. 한 해에 785만 마리가 그렇게 죽는대. …단층에 조그만 건물인데, 왜 저렇게 와서 저러지? 정말, 당신 말처럼 저 그림이 아니라면 설명이 안 되네."

소나무 수묵을 얼토당토않게 비유하고는 아내는 아무튼 웃음까지 얇게 내비쳤다.

"785만 마리나? 로드킬이 아니라 스카이킬이네."

"윈도우킬이 더 정확하지 않을까?"

"뭐라 부르건 간에, 새들이 하늘을 날다 부딪혀 죽는다는 걸 알지도 못했어, 나는."

통계를 어떻게 냈는지는 모르지만, 해마다 785만 마리가 죽는다니 어마어마한 숫자다.

"건물 한 채에 1.07마리가 매년 죽는다는데, 통계에 잡히지 않는 죽음이 더 있지 않겠어?"

"조류인플루엔자(AI)와 구제역, 아프리카돼지열병 등으로 살처분되는 가축들 문제만 아니네."

"인수공통감염을 염려한다며 깡그리 살처분하는 행태에 동의하지 않지만 어쨌든 가축들 살처분과 달리 새들은 자기들 공간이나 다름없는 하늘을 날아다니다, 인간들이 만들어놓은 인공구조물 때문에 죽는 거잖아."

"그러게. 새들이 하늘의 주인인 거, 맞네."

"투명 방음벽보다 건물 유리창에 부딪혀 죽는 게 대부분이래. 그중에는 새끼들 먹이를 구하러 다니다 죽은 어미새도 있을 거고. 그럼, 그 새끼들도 굶어 죽을 거 아냐?"

"새들이 투명한 유리를 피해가야 할 방해물이라고 어찌 알겠어."

"먹이를 찾아다니다 부딪혀 죽는 거잖아. 생존을 위한 노동이 죽음으로 이어지는 인간 세상과 다르지 않아."

'일하다 죽지 않고' 퇴근해 '저녁이 있는 삶'을 끝내 누리지 못하는 노동자들의 죽음을 아내가 떠올린 듯하다.

"고층 건물이 많은 대도시가 새들 죽음의 장소네…막을 방법이 없는 거야?"

"우선, 저 그림부터 치워야겠어. 금방도 탁, 하는 소리가 났잖아."

"저게 뭐야. 저거."

남쪽 창문 앞에 심은 미스김라일락 밑에 새가 누워 있다.

"어머, 방금 유리창에 날아든 새네. 죽었나 봐. 어떡해, 어떡해."

아내 호들갑에 나도 눈을 치켜뜬다.

"어쩌남, 저걸."

상호 말은 맞는 말일까,
틀린 말일까?

상호가 카톡으로 보낸 글을 읽었다. 『사피엔스』의 저자 유발 하라리가 영국 파이낸셜타임즈 지에 기고한 한글 번역문이다. 코로나19 팬데믹 이후 '세계의 경제와 정치 그리고 문화 지형이 완전히 바뀔 거'라는 논지로, 부활하는 빅브라더의 망령을 우려했다. 확산방지 방역대책으로 벌어지는 인권침해 논란은 베이징 출신 외국인인 마류류의 두려움을 촉발했다. 상호에게 문자를 보냈다.

'너의유비쿼터스는쉴틈없네. 지금도내가어디에서무얼하는지 들여다보고있잖아.'

상호는 청화대 1년 단기 어학연수생이었고, 마류류는 아시아인 류문화사 전공이지만 한국어 강습생이었다. 서로 한눈에 반했다고 해야 옳다. 마류류는 상호가 귀국하고 2년 뒤 졸업과 동시에 한국에 왔다. 지금은 대구 중국문화원에서 한어수평고시(HSK) 대비 중국어학당 강사로 재직하고 있다. 상호는 코로나19가 진정 국면에 들어선 오늘까지도 여전히 마류류가 대구에서 탈출(?)하길 강권했다.

'우한봉쇄와대구개방을체제적문제로보는견해는일면옳지만 너의부정적시각은나무만보고숲은보지못하는한계를드러낸인식 이라고봐.'

상호의 탈출 권고는 한국인적 사고의 발로였다. 대구를 봉쇄하지 않고 개방하면서 확산을 막고 코로나19를 대처해온 한국정부의 민주정체성이 우월하다고 믿는 상호를 마류류는 이해할 수 없었다. 우한 봉쇄에 의한 사회주의적 확산 방지책보다 더 우월한 체제의 발현이라 보지 않는 마류류의 견해에 상호는 동의하지 않았다.

'현재코로나19확진자발생제로에가까운중국의진정국면과자 본주의국가들, 특히유럽의바이러스창궐에따른자국민스탠드스 틸, 급기야하나의유럽이라고연대를부르짖던유럽이너나없이국경 을봉쇄한건유럽연대체제불인정이지않아?'

사회적 거리두기를 지키지 않거나 마스크 쓰지 않는 일상을 유럽인들의 유형적 성정으로 보는 건 그네들의 자유주의적 사고이고 처신이겠으나, 이탈리아나 스페인의 자국민들이 치루는 혹독한 병마는 국가의 책무를 저버린 게 아닌가? 공화주의를 주창해온 유럽의 정체성이 무형의 바이러스로부터 속수무책인 모습에 대해 상호는 견해 표명을 하지 않았다.

'확진환자이동경로추적과실시간공개는한국정부의인권현주소아닐까?'

상호는 실시간 마류류의 위치를 확인했다. 안전을 위한 도모이자 애정 표출이라 했다. 그야말로 밀착형이다. 31번 확진 환자 이동 경로가 숙소 인근이라며 염려하던 상호의 자신에 대한 사랑의 마음만은 마류류는 이해했다. 하지만, 환자가 10여일 동안 다닌 이동 경로를 추적해 접촉자를 파악, 검사, 격리시켰다는 보도는 아무려나 신경을 곤두서게 했다. 어느 확진 환자의 동선 중 밝히지 않았어야 할 모텔 출입까지 널리 알린 건 모욕이었다.

톈안먼 시위를 추념하는 주기에 맞춰 학내에서 공안의 눈빛 번득이는 광경을 목도하며 대학 시절을 보낸 마류류다. 유비쿼터스와 알고리즘을 통한 사생활과 사유의 범위까지 들여다보려는 게 섬뜩하지 않을 수 없다. 군부독재를 오랫동안 겪은 한국민은 극히 일부에서만 인권침해를 거론했다. 마류류는 그게 참 의아스러웠다.

'위치확인앱없애지않으면핸드폰잠수탈거야. 나의사생활이사랑표출이라는감언으로노출되는걸더이상용납하지않을거야. 앱삭제해. 너는사랑이라는권력바이러스에걸려있어.'

'마류류, 사랑해. 사랑은 모두 받아주는 거야, 그냥.'

상호의 말에 댓글을 달지 않았다. 핸드폰을 <u>끄고</u> 지낼까? 사랑과 존심 사이, 고뇌의 시간이 마류류 앞에 놓여 있다.

민규는 '타다'를
탈 수 있을까

    11층 아파트 현관문을 열며 '타다'를 호출하려다 접는다. 외곽 쪽 소재 아파트지만 요즘은 1층 출입문 앞에서 불러도 개인택시 또한 금세 오는 듯했다. 제2기 '타다 넥스트' 기사 모집 직원과의 미팅 시간에 촉박하게 나서는 참이기도 했다. 주변의 500미터 안팎에서 출발하는 까닭에 콜을 하고도 2~3분, 길게는 4~5분 정도 기다리기도 한다. 사실, 택시를 타는 일이 잦지 않은 탓에 지루하게 느껴지진 않았다. 하지만, '죄송합니다. 고객님 부근에 빈 차량이 없습니다'는 문자를 받는 건 짜증나는 일이었다.

    민규는 승차공유 서비스의 확산 의도는 현 정부가 시대의 흐름을 제대로 읽고 있다는 표증이라, 여겼다. ROTC 장교 의무 복무 기간을 마치고 오늘까지 2년여 동안 뭘 할까? 고민하던 차, 현 시점의 내게 딱 맞는 업종 아닐까? 하고 민규는 기대감을 키웠다. 무사고 5년에 교통안전교육만 받으면 딸 수 있도록 완화된 개인택시

면허도 취득했다. 개인택시 스페어 기사도 기회가 닿는 대로 해봤다. 할만했다. 그럼에도, 타다의 장점이 더 많고 매력적이라고 느낀 건 이른바 길빵이 없고, 요금도 택시 안에서 이뤄지는 결제가 없을 뿐 아니라 호출과 예약만으로 운행하며, 부제가 없기에 콜로만 가능하리라는 게 지금 '타다'를 타고 있는 기사들의 공통된 의견이었다. 타다 넥스트가 요구하는 스타리아(흰색) 9인승도 카니발(흰색) 4세대를 구매하는 것도 군 복무 기간 동안 모은 돈으로 가능했다. 운전이 취미라고까지 말하긴 그렇지만 차에 대한 관심의 정도 못지않게 운전에 끌리곤 해서, 기회만 포착되면 부모님 승용차를 타고 나가곤 했다.

그동안, '타다'가 너무 거칠게 대응하네, 하는 염려를 민규는 사실 떨구지 못했었다. 택시업계와의 고소·고발 사태를 넘어 금융계 거물과 말싸움을 주고받는 '타다'의 대표가 다음(Daum) 창시자였던 이재웅이라 해도 너무 세게 나간다는 인상을 지우기 어려웠다. 개인택시 기사의 분신 항거 사망이 여러 차례 발생하면서 정부의 협상 의지는 꺾이지 않을 수 없기도 했었다. 어쨌거나, 승차공유 모빌리티에 '타다'가 법령의 정비를 바탕으로 제2기에 접어들면서 연착륙을 한 지금 맞춤형 취업문이라 여겼다. 노동 여건은 애당초 주요 사안이 아니었다. 이 분야의 진입 장벽은 차라리 할아버지다.

할아버지와 할머니는 민규가 제대한 이후 취업 걱정에 부모님보다 더 여념 없으시다. 이웃 아파트에 살고 계신 할머니는 이것 먹으러 오라고 외동 손주인 민규에게 매일 전화했다. 할아버지 또한, 저것 해보면 어떠냐고 채근하곤 했다. 할아버지는 농어촌공사 시험 일자를 알려주기도 했으며 묘목과 조경업은 싫으냐? 묻기도 했다. 산림조경학은 민규의 전공이었다. 묘목업으로 번창한 친척분이 계시지만 마음이 움직이지 않았다.

차량공유 모빌리티나 플랫폼의 확장은 4차산업혁명시대에 진입하는 과정의 발전 모형으로 결국엔 자동차제조완성업체의 생태계마저 위협할 수 있다고 보고 있다. 현대·기아차가 차량공유 업체인 동남아의 그랩(Grab)과 국내의 럭시(Luxi)에 투자한 건 이제 기업 비밀이 아니다. 전기자동차 업계를 선도하는 테슬라 역시 자동차 플랫폼 사업에 뛰어들었다. 폭스바겐의 모이아(Moia), 중국의 디디추싱(Didi Chuxing) 등은 대표적인 차량공유 업체들이다. 정부가 택시운송 사업자와 승차공유 서비스업체 양쪽을 다 아우르려 한다면 공생보다 공멸로 향해 갈 수밖에 없다고 민규는 판단했다. 택시가 왔다.

"우리 손자, 어디 가는데?"

배차되었다는 메시지만 힐끗 봤지, 할아버지의 택시인 건 몰랐다. 32년 동안이나 운전대를 잡고 있는 개인택시 사업자이자, '타다' 추방론자다, 할아버지는.

 음계도 없이 명창 선생님의 선창에 잘도 따라부른다. 예닐곱이 3, 4년 넘게 배워온 판소리동호회다. 추는 일테면, 학습 부진아다. 따라부르기도 여태껏 제대로 못한다. 들어가는 1박을 늘 놓친다. 7박은 애당초 잊은 듯 9박에 맞추니 이 중머리도 아니고 저 중머리는 더욱 아니다. 박은 젬병인데, 소리통은 그나마 괜찮다는 평이다. 정작 추는 느긋하다.

 "'전라도 순창 담양 새갈모 떼는 소리로 짝~ 짝~ 허드니마늘'"

 "'전라도 순창 담양 새갈모 떼는 소리로 짝~ 짝~ 허드니마늘'"

 "'허드니마늘'을 올려야지, 내려가면 안 되지요. 다시요."

 "'…허드니마늘'"

 <심청가> 중 '심봉사 눈 뜨는 장면'의 자진모리 한 대목이다.

"슨상님. '짝~짝~'은 1박 뒤에 오는 거시기가 맞제라."

"1박 치고 들어가야지요."

…이어지는 가락.

"'가다 뜨고, 오다 뜨고, 서서 뜨고, 앉아 뜨고, 실없이 뜨고, 어이 없이 뜨고, 화내다 뜨고, 울다 뜨고, 웃다 뜨고, 떠보느라 뜨고, 시원 히 뜨고, 앉아 노다 뜨고, 자다 깨다 졸다 번뜩 뜨고'가 모두 1박이 니까, 여기서는 쭉 나가요."

"오메, 숨 차라."

"이 대목이 젤로 신명 나느만."

숨이 차면서도 다들 함박웃음을 짓는다.

"숨도 쉬고 뱉을 데를 잘 알아둬야 해요. 자, 다시요."

"'…시원히 뜨고, 앉아 노다 뜨고, 자다 깨다 졸다 번뜩 뜨고'."

"금메. 숨 넘어 가겄네, 그랴."

'졸다 번뜩 뜨고' 한 뒤 다음 박으로 넘어가려는데 추만 인자 '뜨 고'를 내뱉으며 한마디 거들고 나선다.

"박도 박이제만, 이 대목은 흥을 앞세워야 허는 디, 같고만."

"박~을 맞춤서 흥~을 내세워야제, 라."

"추 선상은 박만 맞추믄 소리는 죽이는디."

"목소리는 부럽제만, 나는 아니라고 보느만요."

"지는 숨질도 짧브고 박은 인자 놔버렸응게, 그러코롬 가야제, 으짜겄소."

추도 누군가는 '답답해' 하는 바를 모르지 않으나, 생긴 대로 놀 수밖에 없다며 눙친다.

"일고수, 이명창, 안 그라요. 박이 안 되믄 소리는 쪼매 그러지라."

"배꼽잡다가도 금방 눈물바람 허는 거시기가 판소리기넌 허제마는."

"큼메마시. 흥으로 그러는 거시제, 웃다가 금세 박으로 어찌케 울린다요?"

"박이 앞이고 흥이 다음이랄 것 같은디, 어찌케 봐야담요, 선상님?"

"열두 박 안에서 늦기도 하고, 빠르게 가기도 하고. 아주 느린 장단이 있는가 하면 막 몰아치는 대목도 있고, 그러잖아요. 열두 박 안에서 흥을 담아내는 것이지요."

명창 선생님이 가름하자,

"열두 박이 첨부터 정혀졌다기보다는 이러코도 부르고 저러코도 내지르다 이러코롬 허는 거시기가 맞겄다, 저러코롬 허는 거시시가 더 좋겄다 혀서 그리 되잖았으까요?"

"긍게. 구전되믄서 박이 자연시랍게 맹글어졌을 거 같어."

"춘향가도 동편제와 서편제가 달르고 중고제도 있고 글잖어요. 또 머시냐, 명창 슨상마다 소리며 가사까장 달르기도 허고. 허니께, 시작은 흥이고 난중에 열두 박이 맹글어지지 않았나 허고

만요, 지 생각도."

"즐길라고 배우는 거시기제. 홍이 먼첨이냐, 박이 우선이다, 따질 건 아니라고 보느만요."

누군가의 맞장구에,

"우리 가락이 다시금 뜨는 것도 김수철이가 트롯트에다 우리 가락 붙인 종적도 있고 퓨전음악이람서 전통 악기와 서양 악기가 어울려 한 판 놀기도 허고, 아, '이날치' <수궁가> 가락이 유행 안 헙디여. 세계적 그룹 BTS까장 우리 가락을 현대적으로 불러대기도 허고. 요참에, JTBC 풍류대장에 나오넌 '서도밴드' 그룹을 보니께, 걍 전율이도만. 그런 판인디, 우리 껏 지킨다고 고색창연헌 박으다 너무 집착허는 거시기가 쪼매 문제가 있다고 보느만요, 지는."

추가 나름 들먹이자,

"그런다혀도 판소리서 박을 몰르거나 박을 무시허믄 그건 판소리라 헐 수 없제."

"근다고 박에 너무 치우치믄 홍이 쪼매 빠지긴 혀."

"달구새끼가 뒤냐, 알이 먼첨이냐 허는 거시기가 중심이 아니제. 판소리를 배우고 즐김서 늘그막에 찾은 행복이니께, 각자금 나오는 만큼 소리도 허고 느끼는 대로 홍도 돋움서 재미지게 노는 게 젤 아녀?"

"그라제. 홍이건, 박이건 즐거워야제, 안 그런감?"

"암만, 암만."

명창 선생님도 문하생 아닌 늙다리 동호인들이 내뱉는 말씨름에 살포시 웃음을 머금는다.

첫눈이라고 해야 할까,
아니라고 해야 할까?

퇴근 무렵, 기상예보에 없던 싸락눈 몇 톨이 내렸고 그걸 보고 고민한다. 미혜도 그럴 거라고 여긴다. 첫눈 오면 만나자는 약속, 그래 커피숍 창밖으로 내리는 첫눈에 환호하며 쑥덕이던 만남이 어느덧 6년 동안 이어지고 있다. 미래에 관한 이야기는 서로 꺼렸다. 미혜도 나도 결혼 이야기를 끄집어내지 않는 개인적, 시대적 요인은 있다.

어쨌거나, 이걸 '첫눈이라고 해야 할까, 아니라고 해야 할까?' 라고 고민했던 기억이 물론, 그동안 없지 않다. 만난 지 99일째 되는 날, 그때도 이런 싸락눈이 몇 알 내리고 흔적도 없이 금세 사라지고 말았다. 하지만, 나와 미혜는 의심의 여지도 없이 첫눈으로 여겨 만났고 밤 늦게까지 이야기 꽃을 피웠다. 6년 동안 그래 왔다.

작년에는 그런 눈마저도 이곳에서는 볼 수 없었다. 첫눈이 언제 내릴지 모른다는 기상 캐스터의 메마른 예보를 듣고 재작년 오늘 첫눈이 온 날이기에 만났던 날을 기억 속에서 어렵지 않게 끄집어내 결국, 그 약속을 지켰다.

함에도, 오늘 내린 이 싸락눈을 무조건 첫눈이라 여기지 못하는 건 미혜와의 사이가 조금 서먹해졌기 때문이다. 헤어지자는 말까지 오간 건 아니지만, 이 싸락눈을 첫눈이라 고집하고 싶지 않은 기분에 휩싸여 있다. 7년째라는 시간의 무게에 관계의 느슨함이 얹혀 더 그랬다. 마침, 퇴근하려 책상을 치우는 옆자리 사수 곽 선배에게 묻는다.

"선배, 첫눈 왔는데 약속 없어?"

"넌 아직도 새파랗네. 난 꿀꿀해, 지금."

선배는 이게 첫눈인지 아닌지에 대한 명확한 답을 내놓지 않는다. 그녀의 화법이다. 선배는 여전히 쏠로다. 지금까지 지켜본 바로는 연애를 해본 적이 있나, 싶을 만큼 처연 아니 초연해 보이기는 했다. 속내는 알 수 없지만 그렇게 닿았다.

"K시 기상관측소에 물어봐야 하나?"

"K시 기상관측소 직원 왈, 당신의 첫눈이 당신이 만나고자 하는 사람에게서도 첫눈이기 위해서는 관측되는 곳에 함께 있어야 서로의 첫눈이라 여기지 않을까요?° 라고 할 걸, 아마."

"역시 선배는 예리해."

"넌 이걸 첫눈이라고 우기고 싶은 거니? 아니면 몇 톨 내리고 금세 사라져버린 싸락눈은 그 찬란한 육각형의 눈이랄 수 없으니, 결코 첫눈일 수 없다고 믿고 싶은 거니?"

"선배의 그 심각하게 싸늘한 감성은 그리움이 사라져버린 아니, 그리움마저 애당초 거추장스럽게 여기는 가난한 이성(理性)으로부터 습격당한 내면이야."

"그것 또한 너의 예단이려니… 바이, 바이."

선배가 퇴근하고도 한참 망설인다. 첫눈 오는 날, 해마다 만나던 장소와 시간을 떠올린다. 단은, 지금 서둘러 나가도 30분은 늦을 시각이다. 사무실 서쪽 통유리에 스며드는 어둠 조각들이 시나브로 두터워질 즈음 메시지가 떴다.

'오늘 야근이야. 미안.'

미혜도 퇴근하지 않은 모양이다. 혹은 내가 나타나지 않자 그렇게 에두르는 건 아닌지 모른다. 나는 '금세 사라져버린 싸락눈 몇 톨을 두고 첫눈이랄 수 있어?'라 웅얼거리며 가방을 챙긴다. 첫눈이라 여긴 모양이네, 미혜는…이라, 단정하며.

최 원장의
21번째 환자

'B환자협진논의 : 금일오후6시, BCI협의실, 시간엄수요망합니다.'

환자 B는 고2 때 교통사고로 9년째 전신마비 상태인 태권도 선수 출신 청년이다. 최 원장은 김 교수의 진단 예측은 일단 접는다. BCI(Brain Computer Interface) 기술전문가로 Y대학 디자인및인간공학부 김 교수의 견해가 합의 과정의 변수였다. BCI재활의학과 전문의인 자신보다 줄곧 김 교수의 의사가 더 반영된 협진이었다. 만족할만한 수준의 치유가 이뤄져 그나마 다행이다.

BCI재활의학과는 잘 나가는 BCI기술전문가와 협진 체계를 갖춰야 했다. 김 교수와 협진을 이뤄 오늘의 성과에 이른 건 자타가 공인하는 터다. 전신마비 전문 최서연BCI재활의학과의원의 명성은 전국으로 알려졌고 최 원장은 TV 출연까지 했으나, 내심으로는 상처가 깊다.

개원을 한 이래, 21번째 전신마비 환자 B를 끝으로 폐원할 생각이다. 이쯤에서 제2의 인생을 펼칠 시점으로 정했다. 김 교수와의 협진 비중이 커질수록 최 원장은 정체성의 혼미와 자존심을 손상당하는 우울감으로 허우적댔다. 언제고 벗어나고픈 심중이었다.

영상의학과 전문의인 아버지도 권유를 했지만 BCI재활의학과는 전공의 때부터 선호하는 상위 클래스였다. 빅 데이터와 컴퓨터를 기반으로 한 공학적 의료체계의 고도화에 따라 개인맞춤형의학 시대에 진입한 즈음, 개원 후 11년째 성업 중이다.

남편이 제안한 제2의 인생 설계였다. 사계절 내내 미세먼지 나쁜 한국, '조국 사태' 이후 반목이 더 극심해진 한국, 영화 '기생충'적 현실이 일상화된 진절머리 나는 한국을 뜨겠다는 의지의 표출이다. 지중해와 대서양이 맞닿은 포르투갈 알가베 해변에서 연중 300일 넘게 해가 뜨는 온후한 기후를 즐기자는 한편, 상팔자가 되려 무자식을 택한 늦깎이 부부의 편향된 의식도 한몫 거들었다. 물론, 소설가인 남편의 문학적 유랑에 기꺼이 동승하고자 한 의기투합이기도 했다.

"바쁘실 텐데 시작하지요. 닥터 박, 어때요?"

"중추와 말초신경이 다 제로에 가까워요."

최 원장은 아버지의 영상의학과의원 페이 닥터인 박의 영상의학적 관점에 대체로 수긍해왔다.

"BCI 측정값도 낮아. 내려놓지요, 이 환자."

검사 지표와 그동안의 경우로 미뤄 OK라 봤다. 늘 낙관적으로 성공률을 높이 잡던 김 교수가 의외였다. 새벽녘에 일어나서까지도 그렁그렁한 눈물이 밟히던 청년이다.

"이 정도면 받지 않았던가요, 김 교수님?"

"…"

김 교수가 의자에 등을 대고 한껏 젖힌다. 완강한 거부 태도다.

협진 치료가 이뤄지지 않으면 전신마비 환자의 경우 치유가 쉽지 않다. 최 원장도 전문의 과정과 그동안의 협진을 통해 터득한 BCI 기술 준전문가였다. 제2의 인생 설계 이행이 언제까지 미뤄질지 모를 결정인 걸 또한 모르지 않는다. 그러함에도, 환자에 대한 의사로서의 의무 불이행에서 오는 자괴감이 퍼뜩 솟았다.

"제가 진행하겠습니다."

자존심의 손상으로 두터워진 상흔의 두께가 얇아지는 느낌이 확 밀려왔다. 기분… 환하다.

최 원장의 원격진료
107번째 환자

대서양과 지중해가 만나는 지점이자 연중 300일 이상 해가 뜨는 포르투갈 알가베는 유럽인들이 즐겨 찾는 휴양지다. 바이러스X가 한바탕 할퀴고 간 이후 관광객은 아주 뜸한 상태다.

"지금 나갈려는데?"

남편은 매일 해변으로 산책을 가면서 최 원장에게 묻기를 빠뜨리지 않는다.

"잠깐 기다려. 곧 끝나."

오늘은 남편을 따라나설 참이다. 원격진료를 시작한 이래 더 바쁜 나날이다. 한국어 사용 환자만이 아니다. 유럽, 남미, 아프리카, 오세아니아에 이르기까지 전신마비 환자는 지구상의 도처에 있다. 구글의 영상진료 서비스는 언어 장벽을 완벽하게 해결해 준다. BCI재활의학과의 한국형 진료체계는 세계적으로 최상이다. 한국에서보다 몇 갑절 많은 환자를 진료하고 있다.

남편은 일은 적게 하고 즐기기 위해 이곳에 오지 않았냐며 푸념을 내뱉곤 한다. 비대면 원격진료라 할지라도 바이러스X에 대한 공포감은 적지 않다. 바이러스X가 바이러스N으로 이름을 얻은 뒤 변종 되는 시차가 짧아지면서 신종 바이러스X는 수시로 출몰했다. 바이러스N의 백신과 치료제 개발이 이뤄지는 통상 3개월여 기간이 지나면 바이러스N-1, 2, 3, 4, 5 등으로 진화되어 나타났다. 한국은 여전히 방역 일등국이다.

BC(Before Corona)와 AC(After Corona)로 나뉜 세계는 몹시 달랐다. 바이러스X에 대한 예측 연구가 심도 있게 이뤄지면서 바이러스N으로 명명되는 순간 백신과 치료제는 세계 공공재로 확정되고 각국 외교부 발행 바이러스N 미감염 확인서 소지자는 전 세계 어느 나라건 입출국이 자유롭다. 모든 바이러스 감염 환자의 의료보험이 전 인류에게 동등하게 적용될 수 있도록 세계보건기구(WHO)에 의해 협약이 이뤄지자 인류의 여행과 비즈니스 활동 등이 다시 활발해졌다.

딴은, EU 소속 각국도 예고 없이 국경을 통제하는 탓에 남편과 함께 크로아티아 자그레브를 가려다 공항에서 막힌 경험이 있다. 또한, 진료비의 기축통화 입금을 불허하고 유로화 상용만 고집하는 EU자본주의가 더 팽배해졌다. 함에도, K-방역이 세계적 대세인 데에 힘입어 한국 의료진에 대한 해외에서의 환영 추세는 꺾이지 않고 있다. 많은 의료인이 해외로 진출했다.

최 원장 역시 남편과 제2의 인생 설계를 펼치러 한국에서 27번째 전신마비 환자를 끝으로 포르투갈 알가베 해변의 럭셔리한 저택을 구입해 이주한 지 5년째다. 원격진료 107번째 환자를 치유하고 나면 모니터를 덮을 생각이다. 비대면 의료행위의 오진도 문제지만 어린 전신마비 환자와 아픔을 공유하기 어려운 비인간적 진료 행위가 가슴을 후볐다. 그럴수록 더욱이나, 그리움에 시달렸다. 남편의 권유로 이곳에 왔듯 이번엔 자신의 의지대로 움직일 심사다. 치료도 마무리 단계다.

"오늘은 특별한 날이야."

남편과 팔짱을 끼고 해변을 걷는 것 역시 오랜만이다.

"무슨?"

썬텐을 즐기는 젊은 유럽인 몇몇이 보인다.

"107번째 환자 끝내고 접을게, 2주야."

"굿, 굿!"

"근데, 여길 떴으면 해."

"오, 것두 환영. 어디루?"

"한국, 순천."

고향집 앞마당엔 지금쯤 감꽃이 폈겠다.

내가 바로
디아스포라야, 내가

"좀 더 있으면 안 될까?"

최 원장의 귀국행이 순조롭지 않다. 남편의 작품 구상 때문이다. 백신 접종도 문제 중 하나다. 자국민의 우선 접종을 고집하는 나라가 포르투갈만은 아니다. 남편의 백신 접종을 앞당길 뾰족한 수가 달리 없다. 최 원장은 외국인이어도 의료인인 까닭에 앞 순위에 배정되어 2차 접종까지 마쳤다. 남편은 무접종으로 귀국해 2주간 자가격리를 하면 될 터이다.

"한국에서 개원 날짜까지 잡혀 있잖아."

조카를 시켜 병원 간판도 새로 내걸고, 순천만 부근의 오래된 한옥을 사서 수리도 끝냈다.

"구상 단곈데, 작업 환경이 바뀌면 안 될 것 같아서."

최 원장은 남편과 아프리카 여러 나라를 틈나는 대로 여행했다. 지난해 겨울에는 옛 유고 연방과 체르노빌 방사능 오염 지역을 20

일 여정으로 마쳤다. 코로나19 팬데믹 상황에서도 최근엔 남편은 쿠바와 멕시코를 다녀왔다. 한국인의 디아스포라 현장 답사인 동시에 바이든 행정부에서도 강화되고 있는 미국의 난민 봉쇄와 관련한 취재였다.

"얼마나 걸릴 것 같아?"

107번째 환자의 원격영상 진료를 끝으로 서둘렀으나 환자가 밀리며 연기를 거듭하다 결국 귀국이 1년여 미뤄졌다. 몇몇 지인들과 석별을 나눌 때도 남편은 귀국에 대해 별반 말이 없었다. 3주 뒤면 비행기 탑승인데 남편의 어깃장으로 속이 끓는다.

"석 달 정도."

어떤 변수에 의해 또 다시 귀국이 미뤄질지 알 수 없다.

"이제까지 당신의 문학적 행보를 이해하고 받아들였어. 귀국을 앞둔 지금, 이건 아니라고 봐."

포르투갈 알가베로 온 이후 남편은 일상을 최 원장과 늘 함께 했다. 하지만 작품을 쓰는 동안 남편은 서재에 틀어박혔고, 최 원장은 진료 외 시간엔 향수를 달래며 보냈다. 알가베에서 산 6년 동안 남편은 장편소설과 단편소설집을 각 1권씩 한국에서 출간했다.

"코로나19 팬데믹 상황이지만 백신여권은 백신 접종률이 낮은 저소득국가의 손발을 묶는 스탠드스틸이야. 인류문화가 디아스포라에 의해 공유, 발전돼 왔잖아. 앞으로도 그럴 거고. 백신여권으로 이동을 막는 건 고도산업국가가 저지르는 죄악이라고."

이스라엘과 팔레스타인의 이산과 전쟁, 아프리카인 노예, IT분야 전문가의 실리콘 밸리 등 진출, 저소득국가 민중들의 단기 노역 송출이며 국제결혼, 합법 이민과 밀입국, 내전·기아·탄압을 피한 난민과 망명 그리고, 체르노빌·후꾸시마 방사능 오염에 따른 강제 이주, 홍수·거대 산불·사막화·해수면 상승 등 기상이변으로 자기 땅에서 유배당하는 호모 미그라티오까지 디아스포라의 범주로 포괄한 인류문명의 미래를 장편으로 담아내겠다며 2년에 걸쳐 자료를 수집하고 현장을 취재해왔다.

"음성 판정이고 자가격리 2주야. 집필실도 마련했고, 2년이나 취재했으면서 플롯 구상을 꼭 여기서 해야겠어?"

그동안 최 원장의 뒷받침으로 남편의 거침없는 집필 행보가 가능한 측면이 없지 않다.

"감각이 흐트러지면 안 되는 거, 알잖아."

"당신, 정말 이럴 수 있어? 내가 바로 디아스포라야, 내가. 1년이나 미뤄진 귀국이라고."

감정을 억누르려 가슴을 다독인다. 최 원장의 노스탤지어는 치유가 불가능한 상태다.

틀린 옛말
없다더니

산속이라 해서 소음이 없는 건 아니다. 바람이 불고 나뭇잎이 살랑대는 소리, 굴곡을 따라 쫄쫄쫄 흐르는 계곡 물소리, 땅콩밭에 숨어들어 땅콩을 캐먹는 맛에 정신이 팔려 있다 휘이익 몰아치는 바람에 후다닥 정신을 챙겨 달아나는 꿩의 날갯죽지 푸드득거리는 소리, 통밤을 갉아 먹다 떨어지는 낙엽에 놀란 다람쥐의 회둥그레 눈알을 번득 굴리는 소리며 급기야 나무줄기를 타고 오르는 물박동 소리까지, 내가 내고 싶어 내는 소리가 아닌 자연의 소리에다 곁들여, 먹고 사는 살림집이고 보면 밥 얹힐 쌀을 씻는 소리, 밥이 익는 소리, 밥을 푸는 소리 하다못해, 입안에 밥알을 밀어 넣는 소리, 밥을 씹는 소리까지 온통 소음이 아닌 게 없다. 겨울의 초입인지라 땔감을 쌓아놓는 일은 생존이 걸린 중차대한 열 가지 중 앞을 다투는 일이니, 땔감을 잘 갈무리하는데 엔진톱을 쓰고 도끼를 사용하지 않을 수 없다. 장작을 패는 유압도끼가 있다면 그나마

117

커피가 식을 동안에 끝낼 소음이겠으나 엔진톱으로 잘라놓은 통나무를 장작으로 쪼개는 작업은 만만치 않은 굵은 소음을 동반한다. 산 속에 혼자 살면서 혼자 해내야 하는 일이기에, 도끼질을 하다 바짝 마르고 심심해진 입술을 축이느라 술 한 잔이라도 하려는 술상을 보는 몸짓이 또한 부산하여 소음을 자아낸다. 한 잔의 술을 입안에 털어 넣다가 불현듯 중천에 떠 있는 늦가을의 해를 바라보는 건 소음을 동반하지 않으니 그나마 좋다. 중천볕을 쳐다보다 들었던 술잔을 조심스레 내려놓으며 안주를 집는 젓가락질이 우려내는 소음은 있으나, 소음이 싫어 조바심을 낼 일이어도 하물며 거기까지 참아내지 못하면 소음공포증에 다름이 아닌 터, 이쯤은 묵인할지어다. 소음 때문에 다투거나 소음으로 낭패를 본 옛일을 더듬어 보면 적지 않으니 예를 들어보자면 이렇다. 시골에서 살다 시골보다 조금 큰 중소도시로 이주하면서 몇 권의 책마저 놔둘 공간마저 없이 살았던 차에 방 네 개짜리 미분양 2층 아파트를 덥석 물었겠다. 이주해 오자 여러 친우들이 술자리를 자주 마련했고 나 또한 술길을 찾아 유유자적하던 저녁 시간을 보내곤 하던 처지라 늦게 들어와 늦게 자고 늦게 일어나는 까닭에, 아파트 주변의 소음을 느끼지 못한 데다 다행히 위층에 노부부 두 분만 사시는지라 층간 소음도 컷바퀴에 닿지 않았다. 그렇게 3개월이 지난 어느 날이었다. 술길을 찾지 못해 일찍 집에 들었고 일찍 잠을 잤고 일찍 일어난 새벽 4시 무렵이렸다. 길가 쪽에서 차 소리가 요란스레 몰려오는 게 아닌가. 맹렬히 질주하는 소리가 아니었다. 신새벽에 먼 길을 떠나려는 대형 화물트럭이 엑셀레이터를 마구 밟아 엔진의 기운을 북돋우는 공회전 소리는 그야말로 연쇄 폭음으로, 나를 미치게 만들었다. 내 방 하나 갖는 소망을 우선 이루고자 주위의 지형지물은 경계의 범위로 상정하지 못한 탓이 컸다. 애당초 그런 걸 고려하여 집을 고를 정도로 치밀하지 못한 화상이었다. 예산이 아직 배정되지 않아 공사가 중단되어 개통하지 못한 팔차선의 도로는 대형 트럭들의 밤샘 주차를 묵인하는 지형이었던 게다. 3개월이 지난 뒤에야 후회하며 수선을 떨어봐야 헛일이었다. 그 소음을 확인한 뒤 아파트를 팔기 위해 내놓았지만 5년이 지나고서야 샀던 그 값에 팔 수 있었다. 그 집을 팔고 이사한 아파트에서 소음으로 인한 고통을 겪어야 하는 일대 실수를 또 저지르고야 말았으니, 아으. 임대 아파트였는데, 크기와 주위 풍경이 딱 내가 요망하는 지형과 지물을 거느리고 있었다. 맨 앞동 8층 남향인데다 소나무가 우거진 산이어서 큰 정원을 품게 된 또 하나의 소망을 이룬 셈이었다. 난감함은 이사한 그 날 저녁에 바로 당도했다. 위층과 아래층, 더 위층과 더 아래층에서까지 질주해오는 층간 소음이 나를 겁탈하거나 숨통을 끊어내려는 태세로 침입하는 소음의 폭주라니, 젠장. 그 아파트를 처분하는 데 또한 5년이 걸렸다. 행여, 다행이라고 속물적 근성의 차원에서 이야기하자면 임대에서 분양을 받은 금액보다 배를 넘게 오른 가격으로 팔았고, 남긴 돈으로 지금 살고 있는 산속의 땅을 살 수 있었으며 이제 정말로 산속에서 홀로 살림을 하며, 소음을 몰고 쳐들어올 이웃이 없으니 이제야 진짜 소원을 이뤘다고 쾌재할 만큼 좋았다. 좋은 날의 연속이었다. 산속에서 혼잣살림하던 어느 날, 웃통을 벗고 밭고랑을 매고 있는 내게 다가와 존경해 마지않는 눈매로 인사를 건네는 사람 있었으니, 그가 바로 나의 초막에서 불과 30여 미터 떨어진 곳에 펜션을 지어 지금 성업 중인 사장이다. 한참 뒤에야 정신을 차리고 그 사장의 인상을 곱씹어보니, 그때 웃통을 벗고 호미를 들고 있던 빈약한 내 근육질과 행색을 본 뒤 헤프고 별 볼 일 없는 놈으로 딱 확정해버린 눈치였음을 나는 당시엔 왜 몰랐던가? 어느 날, 깊은 산속에 깊은 어둠이 깃든 밤의 펜션에서 노래방 소리에 맞춰 불러대는 손님들의 노랫소리가 들려 부리나케 쫓아가 항의하는 나를 농락하는 그의 인품은 내가 감당할 수 없는 지경의 사람이었다. 한바탕 소동과 난리를 피우고 난 뒤 소음의 공포에 시달리면서 민원을 제기하겠다는 나의 엄포 아니 엄살 이후 조심하고 있는 듯한 사장에게 고마움마저 느끼며 묵묵히 커를 막고 살고 있는데, 아, 아, 어쩌랴. 우중충한 날씨에 우중충한 마음으로 토방에 걸터앉아 멍을 때리며 앞산을 바라보고 있던 어느 그 날이었다. 내게 동의서 들고 찾아와 내 초막 위에 소재한 물려받은 산 몇 천 평을 가지고 있는 산 아래 마을 출신 출향민인데, 정년을 하고 산에 들어와 표고버섯을 재배하려 마음을 도지고 있는바, 동력이 필요하와 전기를 끌어들일 수 있도록 나의 동의를 얻고자 찾아 왔다는 것이렸다. 농민이 되고자 하는 이웃이 오는데, 농민이 되고자 열혈의 마음을 지닌 채 살고 있는 내가 마땅히 동의서에 내 마음을 실어줘야 옳은 사안이 분명한 터이렸다. 전봇대를 세우는데 필요한 토지 사용 승낙서에 싸인을 해주었고, 전기가 가설되었다. 그러던 어느 날, 낮부터 뽕짝 메들리가 들리기 시작했다. 깜짝 놀랐다. 산속의 농부이고자 한다는 자의 산에서 나는 소리였다. 듣기에 좋은 내 취향인 7080 노래면 그나마 더 나을 텐데 하면서도 성질이 솟고라졌다. 이게 무슨 날벼락인가? 소음이 싫어 산에 들어온 내가 소음을 내지르는 음향기기에 전원을 공급할 수 있는 전기 가설 공사에 동의를 해주다니, 이런. 정말이지, 소음을 내려는 소지가 조금이라도 엿보이는 인상이었다면 동류의 농민 지향자라 할지라도 철면피하게 결단코 전력 공급 공사에 필요한 토지 사용 승낙 동의서에 또박또박 정자로 이름 석 자 써주지 않았을 것이다. 내 손목을 비틀고 싶은 뼈저린 후회를 지금 하고 있다. 그러나 어쩌랴, 노랫소리는 그나마 하루 중 길어야 1시간 정도여서, 그 시간만큼은 귓구멍에 이어폰 꽂고 요즘 뜨는 팬텀싱어2 노래 중 'Look Inside'를 녹음한 1시간짜리 재생음을 들으며 그야말로 인내하자, 다짐하면서 놀란 가슴이나마 끌어안고 살아보고자 했다. 그런데, 정말 그런데, 나를 참지 못하게 하는 슬프고 가슴 아린 모습이 보였으니… 늦가을 볕에 잎을 다 내주고 이제 동면에 들려는 은행나무, 참빗살나무, 단풍나무, 산수유나무, 고로쇠나무, 개복숭아나무, 대추나무, 감나무, 매실나무, 모과나무, 뽕나무, 보리수나무, 사과나무에 이르기까지 낙엽을 떨군 나무들의 저 깊은 휴식을 침범하고, 뽕짝 메들리에 놀라 저 아래 산모롱으로 냅다 피해 달아나는 작고 여린 멧새의 아픔을 어찌 눈 감고만 있을 수 있으랴, 하는 마음이 늦가을로 깊어갈수록 가을비 긋고 피어오르는 산안개처럼 마구 칩떠오르는 것이렸다. 하여, 오늘따라 뽕짝 메들리에서 육성의 노래방을 가동 중인 윗산의 간이 막사에 휘적휘적 찾아가 싸웠겠다. 단박에 졌다. 시끄럽게 떠들려고 산에 들어왔는데, 내 산에서 내 맘대로 노는 걸 네 놈이 뭔데 간섭이냐며, 욕설을 내뿜고 작대기로 내리치려 치켜들고 달려드는 막무가내에 그만 기함하여 도망치고 만 내 꼬락서니하고는, 으흑. 고양이를 피하려다 호랑이를 만나고, 가랑비를 피하려다 소낙비를 만났다는 옛말, 틀린 옛말 없다더니, 아주 맞다. 주먹이 없으면 언감생심, 이빨이라도 지녀야지 이것저것 쥐뿔도 없는 놈이 산속에서 날품을 잡고 혼자 살려는 심중부터가 애당초 틀렸다는 게 속담처럼 맞다는 것이렸다, 쓰바.

2032(22대)
대선 기자 방담회

주관 방송사를 포함한 12개 미디어 매체에서 1인씩 선정된 정치부 기자들이 자율주행 차에 입력된 장소로 왔다. 12개의 각기 다른 통로로 들어와 입구에 놓인 동물 가면을 쓰고 방담장에 입장했다. 한 주의 사건, 사고 가운데 하나를 선정해서 코믹하게 엮어내는 이벤트성 뒷담화 프로다. 투표율 27.3%, 역대 최저인 22대 대통령 선거가 채택되었다. 대선 2일 후 5시간 방담이 이뤄졌고, 돌아갈 때 다시 보안 프로그램이 제공되어 참여 기자가 드러나지 않게 배려했다. 방담 내용의 보안 통제 2일 뒤 31분짜리로 편집돼 나갔다. 시청률 2%에 제작진은 환호했다.

쥐$^{(子)}$: 99.9%대 0.1% 간의 고착화된 사회계층 이동성 확대를 전면에 내세운 건 K 씨 등 베테랑 선거 전략통의 '신의 한 수'였어. 빅 브러더의 공식화, 익숙해진 독재 즉 큰 정부의 용인, 표의 역설을 노린 전략이 먹힌 거야.

소(丑) : 능란한 성인지감수성도 한몫했고.

호랑이(寅) : 기본소득제의 '기본'을 최대한 끌어올린 공약 실현은 가능할까? 전국민고용보험제도는 시행 7년 차, 벌써 재정 고갈에 직면해 있는데.

토끼(卯) : 이슬람 문화의 세계화에 편승해서 청년들에게 이슬람 공부를 권한 L이 총리로 지명될 게 유력해 보여. 본인은 UN 사무총장 출마 쪽으로 기울어 있지만.

용(辰) : 일촉즉발의 미·중 신냉전체제 격화로 국제 자본시장이 극심한 혼란에 돌입했고, 결국 F1, F2 자리에서 밀려난 후 인도와 한국의 세계정치사적 위치의 견고한 부상과 UN의 역할 강화가 이뤄지면서 여지가 전혀 없는 건 아니라고 봐.

뱀(巳) : 20년째 로봇밀도 세계 1위로 로봇세율 증세를 막는 디지털자본권력 통제가 한국경제의 핵심의제가 아닐까?

말(午) : GREEN VAIO경제 시대에 접어든 시점에서 '미래사용설명서' 실현에 혈안인 4050세대에 약속한 특별지원 공약이행 여부가 정권의 성패를 가를 거야. (이 지적에 대부분 동의했다. 4050세대에 속하는 기자들이다.)

양(未) : 바이러스X연구소와 신약개발원을 통합한 바이러스연구원의 청 승격은 9년 만에 이뤄졌어. 너무 오랜 시간이 걸렸어. 이걸 한 방에 해결한 것도 '쥐' 기자가 말한 '신의 한 수' 였다고 봐, 나는.

　원숭이(申) : 외계와의 접촉 공간을 화성에 세우겠다는 P 후보자의 미래설계가 몰매를 맞은 건 우주공영화 시대에 걸맞은 공약인데, 아쉬웠어.

　닭(酉) : 직면한 기후·식량 위기를 제쳐둔 현실감각의 결여라고 본 거지. 정작 추진해야만 현재의 위기를 극복할 수 있는 건데 말야.

　개(戌) : '미래'는 '희망'을 동시에 품고 있는 언어지만, 지금의 2030세대에게 미래? 없잖아? 돼지 가면 기자님, 한 말씀. (주관 방송사 소속으로 사회 역을 맡았다.)

　돼지(亥) : 4050세대가 세대 갈등을 키우는 족속들이잖아. 기레기 집단이 그 선봉역이고. 기레기는 여전히 기레기일 뿐야. (모두 가면을 벗으려다 다시 쓰며 파안대소한다. 클로징 엔딩이다.)

　유일하게 살아남은 중앙 일간지인 K일보는 방송이 나간 후 방담 프로의 기자 선정에서 제외되어 유감이며, 한반도 통일에 관한 공약이 대선 후보 누구에게서도 볼 수 없었다손 기자 방담에서마저 누구도 지적하지 않았다고 사설로 꼬집었다. 사실, 2032년 올림픽 남·북공동 유치에 실패한 2022년 이후 통일로 가는 구체적 로드맵에 남북 어느 정부도 한 발짝 더 내디디려 하지 않았다.

총체벌레를
아십니까?

　김 씨는 허탈했다. 기름값이 지난 해에 비해 근 30% 가까이 올랐다. 벌써 연료비로 250여 만원이 들어갔다. 얼마나 더 들어갈지 모를 일이었다. 올해엔 오이값이 괜찮은 편이어서 물건만 상품으로 내면 상자당 4, 5만원씩 거래가 되기에 300평 한 방구에서 작년보다 웃도는 수익을 올릴 수 있으려니 했다. 그게 말짱 도루묵이 되어버린 것이다.

　오이농사라면 근동에서는 제일 오래 해온 까닭에 이 바닥의 누구에게 물어도 '오이박사'로 통하는 김 씨다. 그런 터에 이 무슨 지랄 같은 병인지도 모른 채 이렇게 곡과(曲果)를 내놓다니, 도대체 이목이 두렵지 않을 수 없다. 서면(西面) 지본리 마을 원예단지를 조성하는데, 제일 선두에 선 김 씨인지라 더욱 초조했다.

　쌀벼룩보다 더 작은 이처럼 생긴 진딧물의 일종이 이파리 뒤쪽에 허옇게 붙어서는 막 물이 오른 이파리의 진을 빨아먹었다. 이파리는 파마를 한 머리 모양으로 잔뜩 오그라들고 오이는 결국 곡과로 아예 크지도 못하고 말라 비틀어졌다. 잎이 건강하고 색깔이 진해야 오이가 길쭉하니 때깔이 고운 상품이 나오는 법 아닌가.

날파리보다 작은 흰나방이 일기도 해서 우선 그것부터 잡아 본다고 흰나방에 잘 듣는 '파발마'를 진하게 타서 뿌려댔다. 그것도 잡히지 않았다. 하여, 이처럼 생긴 진딧물 일종부터 족칠 심사로 어독성 1급인 '올스타'를 한 병에 6만 원이나 주고 사다가 뿌렸다. 독성을 더 높여 분무질을 해댔다. 하지만, 이게 영 독살스러워 끄떡도 안 했다.

김 씨는 방법을 여러모로 궁리한 끝에 올스타에 응애 진딧물 잡는 '타스타'를 섞어 구석구석 살포해 봤다. 맹독성으로 말하면 치사량이다. 그런데도 잡히지 않았다. 사람을 잡을 만큼 독해 '올+타'를 뿌린 뒤로는 한나절 넘게 하우스 출입을 할 수 없었다.

'허는 디까장은 혀 봐야 써.'

김 씨는 방법을 달리해볼 생각으로 물을 좀 더 주고, 영양력을 높여 스스로 퇴치해 이겨보라며 제4종 복합비료인 '하이-그린'을 뿌리가 잠길 만큼 줬다. 원래 자생력을 지니고 있는바, 스스로 살겠다는 힘에 조금만 보태도 충분히 이겨내고 말던 식물의 원천적인 성질을 익히 알고 있는 김 씨다.

아니나 다를까, 이파리에 생기가 돌고 색깔이 한층 푸르렀다. 쭉쭉 빠진 상품이 될 성 싶게 오이가 번듯했다. 됐다 싶어 김 씨는 엽면시비용인 하이−그린을 대량 쓰기로 하고, 짐짓 허리를 폈다. 오이는 다른 작물과 달리 물을 많이 섭취했다. 스프링 쿨러가 5시간 간격으로 물을 뿜어 이파리며 뿌리를 적셔댔다. 헛일이었다. 파래지던 이파리가 이틀 만에 다시 진녹색으로 변하면서 오그라드는 꼴이라니….

  김 씨는 작목반 회의를 열기로 한다. '오이' 하면 '박사'로 통하는 김 씨지만 명함을 박아 돌릴 일도 아닌 바에야 내남없이 오이하우스로 재미를 보는 축들인데 몹쓸 병을 널리 포고하여 잡지 않으면 안 되겠다, 싶은 생각이 그쯤에서 엄습한 게다. 지본리 마을 전체 오이하우스 농가가 떡 쪄 놓고 시루 엎기 딱 쉽상인 터였다.

  지본리 오이작목반 열한 집 가운데 강태일이 한 집만 빠졌다. 그는 목하, 늦게라도 배워야 우루룬지 우루과룬지 하는 세상에서 살아남을 수 있다며 인근 대학에서 영농교육을 받고 있다. 강 씨 마누라가 대신 참석할 수도 있으련만 선평댁도 나오질 않았다.

  열한 집 가운데 유독 심원(深源) 사는 박길중만 재미를 보고 있었다. 지본리라고는 하지만 청소골 끝자락 깊숙한 마을이어서 한 동네가 아니었는데, 한 도로를 오르내리며 출하를 하는 까닭에 포함시켰다. 심원에까지 이르지 않은 신종의 병이 분명했다.

  사실, 서둘러 방제 회의를 열지 못한 건 다분히 김 씨 때문이다. 그간 서로 전화로 상황을 공유하지 않은 건 아니다. 함에도, 작목반 회장직을 맡고 있는 김 씨가 우선 요모조모 수를 써보면 나아지려니 하며, 학명(學名)도 알 수 없는 이 병을 남보다 앞서 퇴치해 보겠다는 요량으로 해보는 데까지 해보느라 하다가 늦어졌다. 하지만, 똑 그런 이유가 전부는 아니었다. 하우스농사를 시작하게 되면 그날부터 만사는 열집, 하우스로 통하게 되어 있다. 온도, 습도 조절이며 물관리, 병충해 방제에 따고, 고르고 포장하여 농산물 전문 운송차량에 상차하는 일까지 왼종일 짬을 낼 수 없거니와 잠시 짬이라도 나면 우선 구들장에 허리통을 지지고 허기진 뱃속을 채워야 하는 농사가 하우스농사였다. 그야말로 때도 모르게 하는, 하늘의 섭리를 거르는 농사 아닌가. 초여름 노지에서나 구경할 수 있는 딸기를 한 겨울에 맛볼 수 있게 되어, 이 나라에 효자 아닌 놈 없게 만들어 놓지 않았는가, 말이다.

하루 왼종일 바깥 기온과 근 30℃의 열 차이를 보이는 하우스 안에서 지내는지라 몸이 축 나지 않은 사람이 없는 골병농사였다. 이쯤이면 내외에도 서로 몸을 멀리하게 될뿐더러 내 골병에 앞서 넘병치레 염려할 생각이 나질 않는 터수이다.

"똑 이 멩키로 생겨갔고 허옇게 붙었드란 말이시."

서태목의 말허리 분지르며 박동춘이 목울대를 치켜세운다.

"생김새 야그 헐라고 모인 게 아닝게 어쩌코롬 잡아 죽이나, 그게 중요헌 거시기여. 다들 어찌어찌 혀 봤을 거 아녀. 그말부텀 허드라고. 어야, 태삼이 자네넌 어찌혀 봤등가?"

사람 진중하기로는 허태삼이었다.

"…내년이넌 작목을 바꿔야제, 못 잡것더라고라."

"자네가 그럴진대, 우리들이야 도리가 없지 않은감."

"'오이박사'님까장 그랬다고 허니께 볼짱 다 본 거네, 젠장."

"그리도 멀 어찌코롬 썼는디 안 되더라, 허는 걸 야그를 혀봐야. 내 방식허고 머시가 다릉가 알 것 아니랑가. 회장, 자네 야그를 좀 듣세."

"올스타에다 타스타까장 한꺼번에 섞어 뿌려댔제. 그런디 이게 그보다 더 강허더란 말이시. 그리서는 영양제를 줘봤제. 하이-그린 말여. 긍게, 첨엔 괜찮다 싶더라고. 색깔도 나고 말끔헌 거시기가. 근디, 이틀 지나니까 도로아미타불이드랑께."

다들 거기서 거기만큼 해 본 요량인지, 고개를 끄덕인다.

"그게 까지에넌 안 붙던감."

오이를 주로 하다가 가지로 작목을 서서히 옮겨 가고 있는 정문식에게 최정기가 묻는다.

"인자, 순을 옮겨 놨는디, 거그에도 지랄을 허느만."

"까지에도 붙더란 말이제."

"시상이 시끄러운 게 엠병, 농사도 이 지경일세."

"세상심(世上心)이 농심(農心)인 게여, 이 사람아."

좌장인 곽상수 노인이다.

담배만 뻑뻑 펴대며 허탈감에 술잔만 뒤집는다. 그놈이 그놈이고, 나라는 엉망진창이고, 다음 번에 저짝이서 이짝으로 대권을 뺏어오지 않으면 세상은 볼 짱 다 본 거라며…어쩌고저쩌고 늘어놓다 다시 오이농사로 막 이야기를 옮기려던 참이다.

강태일이 벌겋게 상기된 채 문을 화들짝 열어젖힌다.

"오이농사는 인자, 끝이네. 끝이여."

"어디서 먼 소리를 들었는디 그런단감."

강 씨 호들갑에 다들 아연했다.

"그게 '총체벌레'라는 거싱만."

"총체벌레?"

"오늘 영농교육 허넌 교수님이 허는 말이 그게 총체적인 난국 속에서 생기게 된 해충이라놔서, 총체적인 난국을 극복허지를 안 허믄 먼 약발도 안 먹을 거시라느만. 벌교서는 작년부텀서 보이기 시작헌 거라는디, 여까지 왔냐며 댑대 놀라드라고. …인자, 끝이고만. 올해 오이농사넌 끝이여."

"'총체', '총체'라."

"요즘말로 총체적인 난국이란 그 총체라는 것이제. 그리서 '총체벌레'라 그 말이제."

'총체'와 '난국'이라는 말에 그만 질려버린 듯 허공에 대고 한숨만 퍽퍽 날릴 뿐이다.

분명하지 않으나,
분명한 건

"우린들 어쩝니까?"

기석의 목소리도 땡감을 씹은 듯 컬컬하고 건조하다. 해마다 4월 초에 운영하던 '농업인력지원상황실'이 2월 중순에 업무를 시작하면서, 상황실 파견 직원들 모두 전화 예절교육까지 받았다. 함에도, 막무가내로 우선 배정을 요구하거나 거르지 않고 토해내는 막말에 시달리며 민원인을 대하던 고자세 버릇이 묻어 나왔다. 민원인들도 전 같지 않아, 가는 방망이보다 오는 홍두깨가 드셌다.

"죽은 송장 손이라도 써야 헐 판인디. 맹글어 놨으면, 거그넌 무신 방도가 있을 거 아녀?"

"상황이 이래서 안 되고 있는 거 아시잖아요?"

동남아 단기 농업인력들에 일당 주고 나면 빈주먹만 쥐게 된다며 아우성이어도 동남아 인력의 입국마저 쉽지 않자, 관내 여성 일당이 1.5배로 뛰었다. 하우스 농가의 한숨이 엎친 데 덮쳐, 더 깊어졌다.

"누가 몰른다고 혀, 시방. 아는 야그만 허고 자빠졌으먼 되느냐는 거시제."

어금니를 깨문 듯 약오른 대거리엔 푼더분한 응대가 오히려 해결책인 걸 기석 역시 안다.

"대평리 오이하우스 쪽에는 빠르게 보내드릴 테니⋯."

오이하우스 단지만이 아니다. 나물류와 쌈채소 쪽 하우스단지도 마찬가지였다. 밭미나리 하우스는 새로운 소득원으로 자리 잡았기에 군에서도 각별했다.

"총무계 하기석이제. 믿고 있을 거싱께, 알아서 혀. 나, 월산 아랫말 황장수여."

두어 차례 마을 민원 해결을 요청해온 적 있어, 목소리만으로도 알 만한 사람이었다.

상황실이 급조된 건 코로나19로 국내외 단기 농업인력의 수급마저 예전 같지 않자, 아직 판로가 막히지 않은 하우스 농가들이 부지깽이도 거들고 나설 참인데 청에서 손을 놓고 앉아만 있으면 그게 관의 자세냐며 종주먹을 들이대는 농가들 닦달을 견디지 못한 군수실의 지시였다. 더불어 사회적 거리두기가 널리 종용되자, 열지 않기로 한 제18회강변길벚꽃축제장 길목에 급기야 '벚꽃도 코로나가 무서워요, 제발 오지마세요'라는 플래카드가 강바람에 펄

력이고, 농산물 판매가 급격히 하락하여 하우스 농가가 폭삭 망할 처지에 이르렀다. 21대 총선이 코앞인 터, 군수실 또한 비상 체제였다.

그런 때에, 강원도에서 온라인 감자 판매에 나섰고 접속이 차단될 정도로 대박을 쳤다는 보도를 접한 군수실에서 지역농산물 판매 촉진 계획을 수립하라는 명이 떨어진 까닭에 상황실도 긴장 상태에 접어들었다. 기석의 기획팀에서 벤치마킹차 강원도에 다녀왔다. 엿새 동안 밤샘하며 기획안을 마련했다. 곧바로 군수실에 보고했고, OK 사인이 났다.

군 브랜드 슬로건인 '평화의 숲으로 가는 길'에서 두레소반에 정갈하게 차린 '자연밥상' 받으시라는 콘셉트로 쌈채소, 오이, 밭미나리, 참나물 등속의 온라인 판매망이 세워졌다. 목하, 성업 중이다. 상황실의 시작은 미미했으나, 끝은 창대하게 마무리될 조짐이 역력했다.

'긴급현안협의. 17시 30분, 전원참석요.'

점심 뒤끝에 이러구러 환담을 늘어놓고 있는 차, 군수와 함께 본청으로 출장을 간 상황실장의 문자가 날라왔다.

"회식 자리가 바늘방석에 앉는 듯했을 텐데, 잘 됐네. 흐흐."

기획팀의 회식 날이었다. 농산물 온라인 판매망 구축에 덧붙여 일일 판매 실적 점검까지 기획팀이 떠맡게 되자, 농업인력 수급 업무 외라 할지언정 관내 하우스 농가를 살리는 일인 까닭에 여태 군

소리 없이 일해 왔으나 기석도 연일 스트레스가 쌓이고 쌓였다. 스트레스가 원인이라는 과민성대장염 치료제 복용만 아니면 술판이 그립기까지 한 속내이긴 했다.

"에이, 기분도 그렇고 그래서 한잔 할랬더니만."

지역경제를 살리자는 명목으로 청 인근 식당을 번갈아 가며 과별 회식 갖기를 군수실에서 각 과에 은근슬쩍 요망하기도 했다. 이 판국에, 사회적 거리두기에 역행하는 거라며 쑥덕였다. 하지만, 업무 피로감을 털어내기에 과 회식이 나름 유의미한 자리이기도 했다. 청 주변 음식점엔 사회적 거리두기가 무색할 만큼 붐볐다.

"돈 주고 사서라도 일판 벌일 요량하고 있는 과장이 군수랑 도에 가서 또 무슨 일을 가지고 올까 걱정이 태산인 판에, 웃어?"

기석이 약봉지를 들어 보여도 회식 약속이 깨질 위기에 부아가 치솟은 눈총을 여럿이 쏘아댔다.

사실, 상황실장에 해당 부서인 미래농업과장이 아닌 군수실 계보의 소득주도경제과장이 보임되자, 속 보이는 인사라고 쑤군쑤군했다. 한시적 보임일지라도 자기 사람 챙기는 인사라며 입방귀 깨나 뀌어대는 축이 아니어도 청 안팎에서 입질에 오르내렸다.

상황실장이 17시 30분에 도착했다. 회의 자료가 배포된 건 퇴근 9분 전이었다.

"도 회의가 길어졌고 사안이 긴박하다 보니, 퇴근 시간이지만 협의를 갖게 된 점, 먼저 양해를 구합니다. 우리 도가 추진하는 '

재난기본소득지원금'에 관한 업무이다 보니, 내용이 복잡하고 시급을 요하는 현안입니다. 업무 성격상 우리 상황실이 맡게 되어 다소 과중하다, 할 수 있으나 군수님 특별 지시이다 보니, 그 점,"

"왜 자꾸 딴 일이 덧붙는대요?"

기석이 상황실장의 말허리를 싹둑 자르고 나섰다.

도가 계획하고 있는 '친환경농산물가족꾸러미' 사업 공문을 상황실에 배정해 놓은 걸 보고 파견 끝나면 되돌아갈 부서인 총무과 문서 분류 담당에게 해당 부서인 미래농업과로 돌려보내라고 한바탕 퍼부은 뒤였다. 상황실장의 보니, 보니 말투가 온라인 유통망의 '자연밥상' 판매 실적 일일 점검을 맡길 때와 같은 분위기로 감지되자 머리꼭지가 터진 것이었다.

"모르지 않다 보니, 양해를 구하지 않았나? 어려운 국면에 따지고 들면 끝도 없는 일이고 또 시의성이 요구되는 현안이다 보니, 이해하고 자료를 봅시다."

상황실장은 직전 군수실 라인 밖에 있어, 사업소 사무관 자리만 전전하다 이번 군수실 계보의 사다리를 타고 청에 들어왔다. 현 군수실 지시는 상황실장에겐 받들어야 할 금과옥조였다. 결국, 실무는 운영팀이 맡고 기획팀이 보조하기로 결정되었다. 운영 담당 박 주무관의 수긍하는 표정에 기석은 더 토를 달지 않았다.

"끝으로, 군수님이 지금 우리 실을 기다리고 계십니다. 모두 군수실로 갑시다."

퇴근 시간이 한참 지난 후였다. 상황실 전 직원을 군수실로 부르는 건 의아스럽기까지 했다. 기석은 군수를 대면하게 된 마당에 상황실 업무가 자꾸 늘어나는 상황에 대해 한 마디 건넬 심사를 도졌다. 기석이 노조지부에서 맡은 일이기도 했다.

군수 접견실로 안내된 직원들 표정에 놀라는 기색이 도드라졌다. 아닌 밤중에 차시루떡도 유분수지, 차려진 다과가 각색으로 휘황하여 눈을 희번덕이게 하였다.

"차린 건 많지 않지만 맛있게 들길 바라면서, 한 말씀 드리겠습니다. 상황실 여러분의 노고를 감사히 여깁니다. '자연밥상'에 오를 관내 농산물 판매가 전국적으로 인기몰이를 하고 있고 연신 중앙언론에까지 보도되고 있는 점은 더욱 고무적이랄 수 있겠습니다."

기석은 아랫배가 자꾸 아려 다과에 손이 가질 않았다. 업무 편중과 관련해 한 마디 건넬 틈을 살피고 있어, 나름 긴장하고 있는 탓인지 속쓰림이 더 잦았다.

"…또 다른 측면에서 볼 때, 지구적 환란에 휩싸인 작금의 상황은 코로나19 이전의 세계로, 그런 사회로 되돌아갈 수 없게 만드는, 간과할 수 없는 여러 사태에 직면하게 될 거라는 점입니다. 특히 이런 상황에서, 지구적 식량위기설에 대한 대응책 논의에 소홀할 수 없음을 직시하게 됩니다."

논점은 틀리지 않으나, 상황실 업무와는 다소 무관해 보이는 논지였다. 직원들 표정에 심드렁한 기색이 묻어났다.

"차제에, 우리 상황실의 유능한 직원들이 힘을 모아주고 있으니…,"

군수의 발언 요지인즉, 지구적 식량위기설에 대처할 수 있는 방안으로 군 차원에서 식량 위기를 극복할 수 있는 작물을 선정하되, 농가소득까지 염두에 둔 보고서를 나흘 안에 마련해 달라는 취지였다. 총선을 앞둔 때에 맞춰 요구하는 보고서 내용으로 미뤄보건대, 당선 유력 후보에 선을 잇고자 하는 군수실의 조급한 속내로 읽혔다. 현 야당 국회의원으로부터 낙점되어 당선된 군수가 21대 총선에서 당선이 유력한 집권당 후보 쪽을 기웃거린다는 소문은 파다했다. 비서실에서 작성할 수 없는 문건이고 시일이 급하다 보니, 상황실에 조심스레 떠안기는 걸로 여겼다.

"내용의 충실도는 투자 유치에 탁월한 우리 과장님과 상황실의 능력 있는 직원들이 나무랄 데 없을 만큼 채워줄 것으로 믿고… 고생하고 있는 상황실에 조금이라도 보상하려는 차원에서 회식 자리를 마련했습니다. 한 사람도,"

"군수님, 이건 아닌 것 같습니다."

공식적인 문제 제기를 통해 대응할 필요가 충분한, 명백히 상황실 업무 범위를 넘어선 요구였다. '친환경농산물가족꾸러미' 사업까지 맡게 되면 쓰러질 판이었다.

군수가 바로 응답했다.

"이 보고서 작성은 코로나19로 인하여 위중한 상황에서 코로나19 이후를 우리 군이 슬기롭게 대처하기 위한 사전 작업 의미를 지닌 것이기에 군수로서 어떤 여건과 상황을 고려하지 않고 내린 판단입니다. 또 그런 맥락의 지시입니다. 마칩시다."

"군수님, '농업인력지원상황실'은 엄연히 업무가 적시된 한시적 조직입니다. 이런 식으로 업무가 부과되는 건, 업무의 적정 분배 원칙에도 어긋난다는 것이지요."

기석도 정치권과의 연관성은 건드리지 않았다.

"하기석 씨, 회식 장소에 가서 술잔을 나누면서 할 수 있는 얘기를 꼭 이렇게 해야겠어?"

상황실장이었다. 직원들도 여기서는 끝내고 회식 장소로 옮겨서 하든 말든 하라는 눈치였다. 동료들이 동조하지 않으면 일단, 접어야 했다.

배앓이도 그러려니와, 어색할 게 뻔해 기석은 회식 자리에 참석하고 싶지 않았다. 기석이 차를 빼려는데, 옆좌석 문을 열고 상황실장이 탔다. 기석은 벗어날 수 없는 상황인 걸 인정했다. 상황실장이 잡아끄는 대로 그의 차로 옮겨 탔다.

가랑비 피하려다 소나기 만난 회식 자리이긴 하나, 스트레스가 일으킨 과민성 배앓이라 진단하는 터, 술잔만 만지작거리던 기석이 쌓인 스트레스를 확 날려버릴 심사로 술을 툭 털어 넣는다. 속이 싸했다. 시끌벅적하여, 군수에게 한 마디 더 건넬 분위기가 아니었다. 아린 속을 타고 기석의 가슴을 무언가가 쿵 쳤다.

코로나19 이후는 코로나19 이전과는 전혀 다른 세상이 오게 될 거라고 입 달린 자들이면 죄 예단하고 있지 않은가? 언제 끝날지 모르는 코로나19처럼 상황실의 종료 시점 또한 분명하지 않으나, 분명한 건 코로나19 이후 희망하는 세상을 열어가기 위해 이번 총선에서 지역구는 민중당 후보를, 비례는 녹색당을 찍겠다는 다짐이었다.

기석이 군수 쪽을 힐긋 건네 본다. 상황실장과 뭔가를 숙의하고 있는 듯했다. 군수를 대상으로 문제를 제기하는 경우, 노조 지부 안에서도 갑론을박이 만만치 않았다. 아무려나, 치밀한 준비가 필요했다. 기석은 마시려던 술잔을 내려놓으며 마음을 단단히 여몄다.

안즉까장
여그서

　"존소리 안 헐 거시기가 뻔헌디, 가긴 멀로 가?"

　"자네 올개 이동도 혀야 허고 허니께, 이참에 보러 가장게, 그러네."

　박 부장이 덩달아 부추겼다.

　"그 점쟁이가 겁나 용허당게요. 매년 신수점을 보넌디, 딱 맞아부러요, 금메. 그것도 그거이지만 양택을 전문으로 본당게요."

　전임지에서 동료들과 주말 산행을 하필 그곳으로 가서, 여그가 얼매 전에 사 둔 집터, 라며 나불댄 게 화근이었다. 그때도 다들 입밖으로는 경치가 좋다느니, 산세가 기막히다느니, 했지만 입속으로는 이런 골짝에 무슨 집터, 하는 눈치를 읽을 수 있었다. 아무튼, 이래저래 현임지 동료들에게까지 아주 별난 집터라고 알려진 게 틀림없었다.

　－그러코롬 용허다믄서, 어찌 김 부장 승진은 못 맞추고 있댜,

젠장맞을.

　속으로는 냉소를 품으면서도 밖으로는 애매한 미소를 드러냈다.

　"간판 내걸고 점 보는 점쟁이 허고 내허고 어찌 달븐지 쪼매 보고잡당게 그라네. 어야, 눈 딱 감고서나 한 번 가잔 말시, 글씨."

　친구 박(朴)은 한학에 조예가 깊었다. 주역(周易)을 혼자 공부해서 믿거나 말거나 곧잘 벗들의 앞일을 짚어주곤 했다. 박이 거듭거듭 꼬드겼다.

　결국, 친구 강권을 못 이기는 척 ㄱ시(市)까지 따라나섰다. 점쟁이의 신수점이란 게 그야말로 손님 기분이나 맞춰주는 게 본양(本樣) 아니던가? 박도, 김도 기분이 좋은 듯했다. 나 역시 올해는 훤하단다. 이러구러 일어나는데, 점쟁이가 땅 보러 가자며 주섬주섬 겉옷을 챙겨 입고 나섰다. 해가 중천에서 막 서녘 쪽으로 한 뼘 만큼 기울고 삭풍은 몰아치는데 휘리릭 앞장을 서는 것이렸다. 김 부장이 언질을 해놓은 듯했다. 점쟁이 앞에서는 다들 조금은 주눅이 들어 어깃장을 내려놓듯, 말릴 새도 없었다.

　퇴직 후에 지낼 만한 터를 찾다 찾다 복덕방 사람이 소개해 산 땅이었다. 큰 산과 맑은 강을 끼고 있는 두 번째 근무지였다. 지역 인심도 괜찮았으며 특히, 산세가 좋아 오래전부터 마음에 두고 있던 곳이었다. 산에 가까운 집터를 알아봐 달라는 게 요구였다. 그런데 산에 가까운 곳이 아니라 아예 산속이었다. 여기저기 둘러봤지만 이만한 터를 만나기가 쉽지 않을 듯해 덥석 계약했다. 매입하려

는 농지 인근에 주소지가 있었으므로 법적 하자도 없었다. 공부상
으로는 논이나 오랫동안 묵혀 숲으로 탈바꿈해 있었다.

하여간, 마을에서 반 마장 조금 넘게 올라가는 산 중턱으로 화
전을 일구던 터라 여길 만큼 깊은 곳이다. 몇 군데 집터가 남았으
나 소개되어 아랫마을로 내려간 지 오십여 년 전이라고 했다. 차
한 대 겨우 다닐 정도의 임도가 나 있으되, 서로 비켜 가기 힘들고
경사도 급한 지형이다.

딴은, 집을 지으려 인허가 사항을 알아보는 과정에서 곤욕을
치르고 있었다. 전기가 들어가지 않았으며 수도도 없으니, 허가할
수 없다는 견해였다. 규정상으로는 그럴 경우, '허가를 아니 할 수
있다'라고 되어 있었다. 호롱불 켜겠다. 계곡물 먹겠다. 그러니,
그걸 불허의 이유로 받아들일 수 없다고 맞섰다. 급기야는 난개발
우려가 있다고 내세웠다. 거기서 장사를 할 것도 아니고, 지역민이
한 사람 늘어나는데 왜 안 되느냐? 따졌다. 그러기를 이개월째 인
허가 담당 공무원과 실랑이를 벌이고 있던 무렵으로 아무려나, 그
러저러해서 마음속으론 집을 지어야 해, 말아야 해 하면서 속앓이
를 겪고 있던 참이긴 했다.

산속 터까지는 점집에서 한 시간 반 남짓 거리였다. 특히, 서북
방향으로 나 있는 좁은 임도에는 차로 올라갈 수 없을 만치 눈이
쌓여 있었다. 차를 마을 공터에 대놓고 걸었다. 마을 초입에 들어
서면서부터 점쟁이 입에서 나온 소리는 험악했다.

"하이고, 여그가 어디 사람 살 디 같이 보이요. 다닥다닥 붙어 갔고 손바닥만도 못헌 마당도 마당이제만, 해거름 될라믄 안즉 한 참이나 남었는디 볼쎄 그늘 속에 들았으니, 원. 저런 집덜언 하루 쥥일 장작을 때도 아랫목마저 따땃허덜 안 혀라. 경사 안질라 급헌 디에 들어선 저 날맹이 집이 괜찮허게 보입뎌? 인형(仁兄)께서 멫 걸음도 안 허고 그만 덥썩 물었고만, 참말로. 복덕방헌티 속아 부러갔고."

그렇지 않아도 정월 그믐, 이런 시각에 시끌시끌 떠들어대며 산길 타는 사람들을 멀찍이 건네보고 있는 마을 이장이 눈에 밟혔다. 듣지는 못했을 거리였지만, 저늠에 주뎅이를 어치코롬 막어야 쓴 디야, 하면서 흘깃 이장네 집 쪽으로 눈길 한 번 건네고는, 시선을 잽싸게 거둬들였다. 산길을 오랜만에 타는지라 이마에서 땀이 흘러내렸다.

"여그요? 여그고만."

앞장서 가던 점쟁이가 손길로도, 눈길로도 일러주지 않았는데 필시 여길 거라 여긴 듯 터 가장자리에 서서 산세를, 그러니까 지형을 휙 둘러보더니 불쑥,

"하이고, 여그다 집 짓고 살믄 삼년 안에 가것소."

하는 게 아닌가? 그러고는 깡마른 쑥대밭을 헤집고 몇 발짝 더 들이밀더니, 덧붙였다.

"오메, 재물도 싹 쓸어 가불 것고만."

좋은 말 들을 수 없으리란 예감에 쉬이 따라나서고 싶지 않았으나, 결국 고약한 소리만 듣고 잠시 속내를 다스렸다, 나도 그만 삐딱하게 한 마디를 내뱉었다.

"복채는 디리리다."

속내를 훤히 들여다 봤을 점쟁이가 회적회적 내려가면서 또 한번 속을 뒤집어 놓았다.

"그란다고 사논 땅을 내뿔 수도 없을 거시니께, 여그다 집을 꼭 짓는다고치먼 야그를 허시요, 이. 자리는 그나마 들어설 디로 잡어디릴 팅게."

박이,

"죄를 많이 짓더니만 기언시 산으로 들어갈라 허네, 그랴. 머리만 깎으믄 되겄다, 와. 절(寺) 터다, 절 터."

놀리는 데도 나는 귓등으로 흘렸다.

퇴직을 멀찍이 앞둔 십여년 전에, 겨우겨우 인허가를 받아내 흙과 돌과 나무로만 집을 지었다. 돌도 쌓는 목수의 안목대로 산세에 맞춰 터를 고르고 상량을 올렸다. 그나마 퇴직 전엔 주말에만 다녔다. 저녁밥 먹으면서 촛불을 켰다. 계곡물 물탱크에 받아 빨래하고, 몸을 씻었다. 핸드폰이 터지지 않아 불안해하더니 급기야 잠자리를 털고는 새벽바람 맞으며 부랴부랴 내려가던 자원방래(自遠方來)한 붕우(朋友) 또한 없지 않았다. 지금이야 이웃이 생기고 전기가 들어오며 광케이블이 깔려 인터넷도 되지만 애당초 그렇듯 험지였다.

사실, 나는 입때껏 선택 장애를 앓으며 살고 있다. 이랬어야 하
는데, 왜 그랬을까? 저렇게 했더라면 더 좋았을 걸. 그건 잘못된 결
정이었어. 하필, 이렇게 되다니…하면서 머리를 싸매고 후회하곤
한다. 사는 게 선택의 연속이라지만 무얼 하고는, 무슨 말을 하고
는 아이고 왜 그랬을까? 하고 곧바로 혹은 뒤늦게 속을 끓이며 애
태운다. 아내와 상의하지 않고 집터를 계약하고, 집 짓는 공사 역
시 반대를 무릅쓰고 저지르고 말았으니…하물며.

이런저런 일들로 싱숭생숭한, 폭우마저 잦은 여름날 오후.

비 오락가락하는 산속에 홀로 멍때리며 앉아 구름 솟아오르는
앞산 풍광에 빠져, 늙은 친정어머니 뵈러 간 아내 없이 이렇게 나만
눈 호강을 해도 되나 싶게 황홀경에 젖다 말고, 걸핏하면 들볶는
아내의 지청구가 머릿속을 헤집어 놓는다.

"그리도 황천길 나서는 남자 평균 여령이 팔십허고도 하나둘이
라는디, 거그에 턱걸이라도 허고 가야 덜 서운헐 팅게 인자 술도
쪼매 끊고 그러랑게는, 어찌 그러코롬 한쪽 귀로 흘리고 그러요,
야."

아닌 게 아니라, 아내의 빈 자리가 허전해 어제저녁 벗 두엇 불러
거나하게 술잔 나눈 뒤끝으로 속이 부글부글했다. 술도 이젠 끊어
분져야 허남, 싫다가도 술잔마저 뒤엎어버리면 그야말로, 숟구락

놓아야제…뇌까리며 낄낄거리는데,

'하이고, 여그다 집 짓고 살믄 삼년 안에 가것소.'

하던, 벌써 십오륙년 전의 점쟁이 말이 떠올라 피식, 실소를 머금는다. 복채 담은 봉투 건네받고 슬며시 들여다보던,

─요, 짜잔헌 점쟁이야, 안즉까장 여그서 숨질 잇고 있다, 이.

⋯회억한다

"근다고, 그러코 허믄 쓴다냐?"

낮에 있었던 얽히고설킨 일을 때때로 저녁 밥상에서 퇴근한 아내
와 나누곤 했는데, 아들의 뒷말에 어머니는 어느덧 들으시고는 늘
그렇게 타박하곤 하셨다. 아들이 미덥지 못하여 앞세우는 염려라
는 걸 모르지 않는다. 그러면서도 그런 마음을 내려놓으시라며 앞
은 이렇고 뒤는 저러한 경황을 말씀드리지 않았다. 그러니, 어머니
는 늘 안타까움을 품고 지내셨을 테다.

1989년 '전교조' 활동과 관련해 해직된 시절, 어머니는 치매를
앓고 계셨다. 치매의 정도가 깊진 않으셨다. 그래도 깜빡깜빡 정
신을 놓은 적이 없지 않기에 농민회와 함께 쓰는 사무실로 출근해
서도 불안하곤 했다. 짬을 내서 스쿠터를 타고 집에 들러 요모조
모 어머니의 상태를 살피면,

"암시랑토 안 헌디, 멜겁시 그라네."

도리어 바쁜데 뭐 하러 왔냐는 눈길을 건네셨다. 아들이 학교 밖으로 내쫓겼다는 걸 인지하지 못하셨기에 굳이 그 사실을 알리지 않았다. 가물가물한 정신으로도 집에 들를 시간이 아닌 데 아들이 집에 와 기웃기웃하는 게 영 마땅하다 여기지 않으신 듯 당신의 안위보다 아들 걱정이 우선이었을 터이다.

살던 옛 동네에서 꽤 망나니처럼 어린 시절을 보냈고 더러 소갈머리 없이 술독에 빠져 진창만 밟고 다니던 아들의 청춘 무렵을 지켜보셨던 어머니는 그런 자식이 '아그덜 겔치는' 선생이 된 걸 아주 기뻐하셨는데, 10년 동안 치매를 앓다 돌아가셨다.

치매가 중증에 이르러 여러 정황 끝에 어머니를 누님댁으로 모시게 되었을 때다.

"근다고, 그러코 허믄 쓴다냐? 암시랑토 안 헌디, 멜겁시 그라네."

라, 하시는 게 아닌가.

당신의 유일한 남동생인, 인공 때 빨치산으로 활동했던 외삼촌으로 아신 듯 아들을 '동상, 동상'이라 부를 만큼 치매가 심해졌는데도, 혼미한 정신으로도 딸집보다 아들집이 그나마 덜 불편하다 느끼셨을까? 누님댁으로 가시게 되면서 정신이 후다닥 돌아오셨는지 아들을 그리 나무랐다. 치매의 정도가 갈수록 더 깊어져, 당시엔 후레자식 소릴 들을 때였지만 누님댁에 더 모실 수 없어 요양원으로 어머니의 처소를 옮기게 되었다. 그리고, 거기서 또 얼마 동안 지내셨다. 그러시던 어머니가 돌아가신 지 올해로 딱 21년이다.

아이 셋이 커서 이제 다들 제 삶을 일굴 나이가 되었다. 다섯 식구가 한 자리에 둘러앉은 어느 해 명절날이다. 아이 셋이서 이야기를 나누던 중 둘째가 직장 동료 누군가가 좀 언짢게 하길래 톡 쏘아붙였다는 말끝에 정신 짱짱하실 때 당신이 업어 키운 첫째가 불쑥,

"근다고, 그러코 허믄 쏜다냐?"

며, 피식 미소를 머금는다. 서울 사는 30대 중반인 큰애가 전라도 순천의 부모 집에 와서 저도 모르게 튀어나온 말에,

"할메넌, 그 말 끄터리에 '암시랑토 안 헌디, 멜겁시 그라네.' 허셨제."

라며 내가 잇자, 다들 한바탕 웃는다.

치매를 심하게 앓는 중에도 퍼뜩 되살아난 정신으로 아들을 안쓰럽게 바라보시던 어머니를 떠올린다. 명절이 되면 더 그립고, 서럽다. 어머니의 속내가 담긴 그 입말을 자식에게서 듣고, 건네며 나 또한 그동안 어머니의 그 애잔한 표현을 적잖이 토로하며 살아왔구나, …회억한다.

엄니, 엄니, 우리 엄니!

불안한 삶을 위무하는 작은 노래

배명회(소설가, 한국미니픽션작가회 회장)

이 시대는 인간과 기계 사이 관계에 근본적인 변화가 일어나는 시기로 정의될 것이다.

컴퓨터와 인공지능, 빅 데이터, 기술과 정보는 인구 고령화, 기후 변화, 자원고갈 등 대규모 사회문제와 뒤얽혀 돌아갈 전망이다. 이런 현상은 급속도로 악화하는 불평등과 기술 발전으로 인한 실업, 기후 변화 등을 한꺼번에 그리고 어떤 측면에서는 서로 강화하며 진행되는 태풍과 같다.

한상준은 우리 사회에 깊숙이 침투한 이런 현상을 새로운 장르인 미니픽션에 풀어놓았다. 명사는 너무 짧고, 동사는 너무 길고, 형용사가 안성맞춤인 미니 픽션(박병규).

참신하고 도발적인 형용사로 한상준은 해일처럼 닥치는 우리 시대의 변화를 짧은 글에 야물게 담았다.

고속도로 차량 통행료 징수원인 나. 자동화 시스템으로 최근 일자리를 잃었다. 그런 내게 남편은 "로봇밀도 8년째 세계 1위라는데, 더 심해지겠지…. 이제 쉬어라." 대수롭지 않게 말한다. 큰애 전세금이며, 작은아이

등록금 걱정에 나는 마음이 편치 않다. 내가 잘린 바로 그날, 남편은 '하이패스'를 달았다. <그 1분 1초>를 다투는 출근 시간 때문이라 변명한다.

이해 못 할 일은 아니지만, 그 하이패스가 아내의 실직을 재촉한 것이다.

자동화 시스템에 가장 먼저 충격을 받는 존재는 반복적인 저숙련 노동자들이다. 베트남에서 600명이 일하던 아디다스 신발공장이 임금 상승으로 인해 독일의 인스바흐 지역으로 옮겼다. 내가 그곳에서 스피드 팩토링으로 생산되는 운동화를 주문하자, 아버지는 실직한 베트남 아디다스 공장 노동자를 들먹인다.

"베트남 공장과 똑같은 분량을 생산하는데 10명이면 된다네. 590명이 일자리를 잃은 거야."

최근 일자리를 잃은 딸이 <590명 속에 있는> 노동자처럼 생각되는 모양이었다. 하지만 나는 아버지와 달리 '4차 산업혁명 시대 산물'인 실업 문제를 시대의 흐름으로 접수한다.

이런 흐름에 <문자 두 통>의 번역사와 <전기 검침원> 김 씨도 포함된다.

아직은 AI(인공지능)의 전면적 도래에 이르진 않았다고 해도 번역업계의 1차 작업은 구글 최신번역기로 대체된 지 꽤 됐다. 번역사(나)의 일감은 하루가 다르게 줄어드는 형편이다.

전력회사는 원격측정 전력 계량기 도입으로 9명의 검침원 중 4명을 내보낼 작정이다. 이것은 전력회사 수입 문제와 관련 있다. 검침원 김 씨도 결국은 일자리를 잃을 것이다.

수입이 줄면 생활이 궁핍해지는 건 당연하다. 기계가 일자리를 대체해버리면 인간은 어떻게 살아갈지 앞날이 암울하다. 정보 기술의 발전에 따라

인간의 노동은 설 자리가 점점 좁아질 것이다. 생산의 자동화로 밀려나는 사람들은 통행료 징수원이나, 전기 검침원, 번역사뿐 아니다. 가까운 시일에는 의사, 회계사, 변호사 등 전문 직종에도 닥쳐올 현상이다. 최근 AI 소설이 발표됐고, ChatGPT까지 등장했다. 예측할 수 없는 미래는 인간을 불안하게 만들고, 삶의 질은 소용돌이에 휘말릴 상황에 직면해 있다.

한상준은 4차 산업혁명으로 상황이 더 심각해지기 전에 '사람이 할 수 있는 다른 일을 찾아주거나 보상해주는 게 정부가 해야 할 역할'이라 직설한다. 자본주의사회에서 직장이 없다는 것은 존재에 위협을 가하는 일이다. 대책이 필요하지 않겠는가? 한상준은 그런 질문을 하고 있다.

2019년 우한에서 시작된 코로나19로 많은 것이 바뀌었다.

학교는 유독 우왕좌왕, 들쑥날쑥, 갈팡질팡했다. 수업은 느슨하고 헐렁하고 엉망이라고 느끼기에 충분했다. 특기·적성, 동아리 활동도 모두 금지됐고 계기 교육은 아예 이뤄지지 않았다. 학교는 교실이건 특별실이건 닫기에만 급급해 보였다. 할 수 있는 데도 하지 않는다는 인상이 짙었다.

이런 와중에 기우는 학교를 빛낸 공으로 졸업식 날 상을 받게 된단다. 기우는 비대면 졸업식에 굳이 가고 싶지 않다. 아이들끼리 사진도 찍고 헹가래 치며 축제 분위기로 떠들썩한 졸업식이 아니기 때문이다. 기우는 담임에게 졸업식에 가는 대신 여자친구를 만나러 간다고 밝힌다.

"어떻게 그럴 수 있니?" 놀라는 담임에게 기우는 "선생님들이 아이들을 학교 밖으로 내몰았잖아요. 코로나 핑계로."라고 항변한다.

기우는 우리에게 학교는 뭐냐고? 묻는다. 그간 닫기에만 급급한 학교 행태가 몹시 서운했던 모양이다.

<되돌려 준 물음>은 코로나19로 비대면 수업이 당연하다고 여겼던 사실

을 곰곰이 생각하게 해준다. 과연 학교는 철저히 폐쇄되어야 했던 것일까? 다른 방법은 없었을까? 정작 아이들의 생각은 물었던 것일까?

아이들은 친구들과 노는 것을 가장 좋아한다. 비대면 수업으로 학교를 오래 쉬다 보니 친구들이 보고 싶다. <열려라, 학교>의 나는 친구들이 소중하다는 걸 느낀다. 이건 어른들이 말하는 큰 깨달음이다. 역시 깨달음은 일상을 벗어날 때 오는 모양이다. 학교에는 가고 싶지만 갈 수 없고, 친구와 놀고 싶지만 놀 수 없다. 나는 학교는 날마다 열렸으면 좋겠다고 생각한다.

아이들은 학교에 가기 싫어할 것이라는 생각은 어른들의 편견일지 모른다. 코로나로 닫힌 학교가 아이들에게 학교와 친구의 소중함을 깨닫게 했다. 이 또한 코로나가 준 교훈인지?

코로나19로 학교가 겨우 문을 열었는데 세연은 체험학습을 신청하여 4주째 학교를 빠진다. 알고 보니 '기후위기 청소년 행동'이 주최한 '미래를 위한 금요일(Fridays for Future, FFF)' 집회에 나가고 있었다.

세연의 결석에 개운치 않던 담임은 세연에게 엄지척하고 싶다.

다빈은 세연의 권유로 '미래를 위한 금요일(Fridays for Future, FFF)' 4차 집회에 참석했다. 다빈은 집회에 또래 중딩이 고딩보다 더 많아 놀란다. 게다가 주장하는 내용 또한 너무 신선해 당혹스럽다.

장차 시인이 되려는 꿈을 가진 다빈에게 '고기로 태어난 소는 초원을 본 적이 없다.'라는 구호는 시, 그 자체로 와닿는다. 세연은 5주, 창호는 19일째 고기를 먹지 않고 있다. 다빈도 저녁 식탁에 올라온 제육 볶음을 외면했다.

금요일 집회는 아이들에게서 동물에 대한 연민과 공감을 끌어냈다. 이들이 다시 고기를 먹는다 해도 전과는 달라질 게 분명하다. 이런 아이들이 많아지면 세상은 한결 다정해질 것 같다.

학교 급식 식단에 포함된 친환경 음식들. 배추, 고추, 상추, 무. 하지만 된장, 고추장, 간장은 수입이고 그게 GMO 작물로 제조한 식품일 가능성이 크다. 아이들이 좋아하는 된장국, 떡볶이에 들어가는 양념류가 GMO일 수 있다는 것을 알고 연주는 걱정스럽다. 그래서 친환경 운동에 적극적인 세연에게 묻는다.

왜 이 문제를 학교에 제기하지 않느냐고?

연주는 세연이 '미래를 위한 금요일' 모임에는 앞장서면서 학교 안의 문제점에 대해선 입을 다물고 있는 태도를 이해할 수 없다. 그래서 연주는 직접, 교장 선생님에게 묻는다.

교장은 급식비 일이백 원 올려서는 해결이 안 된다고 한다. 문제는 예산 부족. 돈이 부족해 아이들에게 GMO를 먹이는 것이다. 연주는 속이 상하지만 그냥 교장실을 나올 수밖에 없었다.

<세연과 세연 엄마>의 세연, <이 비정하고 냉혹한>의 다빈, <하지 못한 말>의 연주, 이 아이들이 어른이 되면 사회는 지금보다 좋아질 것인가? 동물권과 환경 문제, 돈 때문에 아이들에게 해로울 수 있는 음식을 먹이는 사회. 모든 것이 먹고사는 문제와 얽혀 있다. 아이들은 사회와 어른들이 이 문제를 외면하지 않기를 바란다. 문제 해결은 정책과 연결될 때 효율적이다. 결국 선택과 집중의 문제이지 않겠는가?

한상준은 묻는다. GDP 순위 세계 10위의 나라에서 아이들 건강을 우선하기가 그리 어려운 일인지를.

한상준은 총체적 난국을 헤쳐가기 위한 '미약한 시작'을 제안한다.

<누더기 법 만들 듯>의 '중대재해기업처벌법' 입법을 촉구하는 '순결한' 단식,

집에서 편히 받는 배달 음식. 배달원의 사고 위험이 도사리고 있는 <그 순간>의 열악한 시스템,

세월호 7년 진상 규명 촉구대회에 참석한 형식의 냉정한 <앵글의 시각>,

석유 시대의 종말을 주식매매로 포착하는 <석유 시대의 종말은 어디에서 오나?>,

맹독성인 '보툴리눔, 리신, 포도상구균'의 국내 반입과 실험 기지로 지정되자, 매일 촛불 시위에 나서는 <여기는 지금도>의 부산 시민사회단체의 항거,

좁은 우리 안에 갇혀 살을 찌우다가 육즙 흐르는 스테이크로 생을 마치는 <심우도> 소,

건물 유리창에 죽는 새들이 생존을 위한 노동이 죽음으로 이어지는 인간과 그리 다르지 않다는 <새가 죽었다>의 통찰 등.

한상준은 이 모든 미약한 인식과 작은 깨달음과 냉정한 시각과 시위를 시작한 그 끝은 마침내 창대하리라 희망한다.

"카카오가 미장원, 네일숍에 꽃 배달까지 꿰찼더라고. 대기업이 독점하게 되면 나머진 다 죽는 거야. 아무리 자본주의사회라고 해도 이건, 아니라고 봐."

<이러니 또>의 대기업 프랜차이즈 확장의 그늘.

차량 공유 업체와 개인택시 문제를 조망하는 <민규는 '타다'를 탈 수

있을까?>,

4차 산업혁명에 추락하는 수많은 사람.

사육당하는 동물의 비참함을 알면서도 밥상에 오른 고기를 맛있게 먹는 아빠,

골목 상권을 잠식하는 대기업을 성토하면서 카카오 '야나두 영어'로 워홀(working holiday)을 준비시키는 처제,

공장 자동화로 실직한 노동자를 언급하는 아빠의 직시를 외면하면서 스피드 팩터링 공정으로 만든 운동화를 주문한 <590명 속에 있는> 딸.

한상준은 자본과 발전의 폐해를 인식하면서도 이에 순응할 수밖에 없는 부조리를 드러낸다.

이것은 환경 문제의 심각성을 충분히 인지하는 남편이 음식물 쓰레기를 버리는 방법은 모르고 있는 것처럼 인지 부조화 현상이다. 한상준은 아는 것과 실행의 차이는 멀지 않다고 강조한다. 몰라서 실천하지 않는 것이 아니다.

"입으로는 환경, 환경, 하면서 손발은 못 고치는 당신 같은 사람이 내세우는 주장이겠지"

입과 손의 거리를 줄이면 사회는 더 좋아지지 않을까, 희망한다.

각박한 현실에도 사람 사는 맛과 멋은 있는 법이다.

판소리 교습 현장에 있는 것 같은 <박이건 흥이건>.

"전라도 순창 담양 새갈모 떼는 소리로 짝~ 짝~ 허드니마는

전라도 순창 담양 새갈모 떼는 소리로 짝~ 짝~ 허드니마는."

"허드니마는을 올려야지, 내려가면 안 되지요. 다시요."

"…허드니마는"

소리를 배우지 않으면 묘사할 수 없는 디테일이 살아있다.

"가다 뜨고, 오다 뜨고, 서서 뜨고, 앉아 뜨고, 실없이 뜨고, 어이없이 뜨고, 화내다 뜨고, 울다 뜨고, 웃다 뜨고, 떠보느라 뜨고, 시원히 뜨고, 앉아 노 다 뜨고, 자다 깨다 졸다 번뜩 뜨고가 모두 1박이니까, 여기서는 쭉 나가요."

"오메, 숨 차라."

읽는 이가 숨이 차, 이쯤에서 끊어 읽는다.

명창 선생도 문하생 아닌 늙다리 동호인들의 즐거워하는 장면에 절로 흥이 난다.

사랑이 식어가는 과정을 그린 <첫눈이라고 해야 할까, 아니라고 해야 할까?>.

나는 싸락눈을 첫눈이라 판단하기 애매한 날씨에 고민한다. 6년 동안 첫눈에 어김없이 만난 미혜. 지금까지는 내리자마자 흔적 없이 사라지는 눈도 첫눈으로 간주했다. 그런데 오늘 싸락눈을 무조건 첫눈이라 여기지 못하는 것은 왜일까?

오늘 같은 날 약속이 없다는 사수인 선배에게 나는 한편으론,

"싸늘한 감성은 그리움마저 거추장스럽게 여기는 가난한 이성(理性)에 습격당한 내면"이라고 쏘아붙인다. 낙담한 싸락눈의 쓸쓸한 내면이 느껴진다. 시간에 잡아먹히는 순수한 것들이 흩어지는 싸락눈처럼 안타깝다.

최 원장은 남편과 함께 휴양지인 포르투갈 알가베에 이주하여 그곳에서 환자를 본 지 5년째다. 비대면 의료 행위의 오진도 문제지만, 최 원장은 어린 전신마비 환자와 아픔을 공유하기 어려운 <원격진료 107번째 환자>의 비인간적 진료행위가 더욱 가슴 아프다.

최 원장은 이런 상황에서 떠나고 싶다. 그래서 한국에서 다시 개원할 준비를 마치고, 귀국 날짜까지 잡았다. 코로나19 팬데믹 상황이지만 의료인인 까닭에 앞 순위 배정 2차 접종까지 마쳤다.

남편은 "백신여권은 백신 접종률이 낮은 저소득국가의 손발을 묶는 스탠드 스틸이야. 인류문화가 디아스포라에 의해 공유, 발전돼 왔잖아. 백신여권으로 이동을 막는 건 고도 산업국이 저지르는 죄악"이라 분노한다.

소설가인 남편은 저소득국가 민중들의 단기 노역 송출과 이민, 홍수, 지진, 폭풍으로 인한 기후 난민과 폭력과 정치적 박해로 망명하고 빈곤으로 유배당하는 호모 미그라티오(이주하는 인간)까지를 디아스포라로 포괄하는 인류문명의 미래를 장편에 담겠다며 2년에 걸쳐 자료를 수집하고 현장을 취재했다. 남편은 감각이 흐트러지면 글이 써지지 않는다고 귀국을 미룬다. 최 원장의 향수병은 치유 불가능한 상태다.

팬데믹이 소설가인 남편에게는 집필 동기를 주지만 최 원장은 <내가 디아스포라야, 내가> 라고 외치고 심정이다.

바로 옆의 아내 마음을 외면하는 소설가. 너무 가까워 의식조차 못 하는, 우리는 얼마나 많은 문제를 흘려보내고 있을까? 작가는 바로 그 지점을 예리하게 포회한다.

진딧물은 총체벌레다, 온갖 방법과 노력에도 잡히지 않는다. 올해, 하우스 오이 농사는 망하게 생겼다. 쌀 벼룩보다 더 작은 진딧물이 이파리 뒤쪽에 허옇게 붙어 물오른 이파리의 진을 빨아먹는다. 이파리는 파마한 머리 모양 오그라들어 말라비틀어졌다.

영농교육을 갔던 강 씨가 들은 말을 옮긴다.

"총체적인 난국 속에서 생기게 된 해충이라, 총체적인 난국을 극복허지를 안 허믄 먼 약발도 안 먹을 거시라느만. …올해 오이 농사 넌 끝이여."

어디 오이 농사뿐이던가? 총체적인 난국에는 모든 것이 삐뚤어진다. 삶과 가장 밀접한 농사부터 오는 게 당연하다.

코로나19의 영향으로 동남아 노동 인력의 단기 출입마저 어렵다. 인력 부족으로 하우스 농가가 아우성치자, '농업인력지원상황실'이 급조됐다. 죽은 송장 손이라도 써야 할 판이라 기석은 눈코 뜰 새 없이 업무에 매달렸다. 농산물 온라인 판매망 구축과 일일 판매 실적 보고까지 떠맡았다. 하우스 농가를 살리는 일이라 군소리하지 않았지만 연일 쌓이는 스트레스가 이만저만 아니다.

이렇게 바쁜 중에 군수는 식량 위기 극복 작물을 선정, 농가소득을 염두에 둔 보고서를 나흘 안에 올리라 지시한다. 내용으로 보아, 차기 총선에서 당선이 유력한 후보에게 선을 댈 속내 같다. 사적인 욕심으로 공적 기관을 이용하는 기관장, 공적 마인드 부재가 나라를 위기로 몰아넣은 행태가어디 한두 번이었던가?

기석은 이번 선거에 지역구는 민중당 후보, 비례는 녹색당을 찍겠다고 다짐한다. <분명하지 않으나, 분명한 건> 코로나19 전과 후, 자신의 선택으로 세상이 달라질 것이란 희망이었다.

나는 퇴직 후에 지내고자 어느 마을 뒷산 중턱쯤에 있는 집터를 사두었다. 큰 산과 맑은 강을 끼고 있는 두 번째 근무지에서였다. 전기도 수도도 들어오지 않는 오지인 게 흠이지만, 도시 소음과 번잡함을 피하려는 목적이었기에 신경 쓰지 않았다. 그런데 친구가 점쟁이를 대동해 집터를 감정하게 되는 일이 발생했다. 마을 입구에 들어서면서부터 점쟁이는 까칠하다.

"하이고, 여그가 어디 사람 살 디 같이 보이요. 다닥다닥 붙어 갔고 손바닥만도 못헌 마당도 마당 이제만, 해거름 될라믄 안즉 한참이나 남었는디 볼쎄 그늘 속에 들앉었으니, 원. 저런 집덜언 하루 죙일 장작을 때도 아랫목마저 따땃허덜 안 혀라."

점쟁이는 나를 복덕방에 속은, 물정 모르는 월급쟁이 취급을 한다. 딴은 점쟁이가 짧은 시간에 사람 하나는 잘 파악한 듯하다. 속으로 '여그다 집 짓고 살믄 삼 년 안에 가것' 다는 점쟁이 말이 고깝지만, 우유부단한 자신을 돌아보기도 했다.

퇴직을 앞둔 십여 년 전, 점쟁이가 삼 년 안에 간다던 그 터에 흙과 돌과 나무로만 집을 지었다.

아내가 친정에 간 어느 날, 산속에 비는 오락가락하고 나는 구름 솟아오르는 풍광에 젖어 남자들 평균 수명만큼이라도 살려면 이제 술을 끊으라는 아내의 당부를 떠올린다. 그러자 15년 전 집터를 깎아내리던 점쟁이가 생각났다.

나는 <안즉까장 여그서> '숨질 잇고 있다' 라고 자신만만하게 중얼거린다. 점쟁이의 예상을 깼다는 소심한 심경에 만족하면서…. 계속 '숨질 잇고' 살려면 술을 끊어야 할 텐데, 그러면 무슨 재미로 살까? 걱정이 앞선다.

소음을 피해 산속에 집을 지었으나 거기도 소음은 있다.

바람 불고 나뭇잎 살랑이는 소리, 계곡 물소리, 땅콩을 캐 먹는 맛에 정신이 팔려있다 휘이익 몰아치는 바람에 후다닥 달아나는 꿩의 날갯죽지 퍼덕이는 소리, 통밤 갉아 먹다 떨어지는 낙엽에 놀란 다람쥐의 눈알을 번득 굴리는 소리, 내가 내고 싶어 내는 소리가 아닌 자연의 소리. 행복한 소음이다.

도시 소음을 피해 들어온 산. 좋은 날이 이어지고, 만족스럽다.

어느 날, 찾아온 농사꾼. 표고버섯을 재배하려는데 동력이 필요하다고 했다. 전기를 끌어오는 데 필요한 동의서를 받으러 온 것이다. 농민이 되고자 하는 이웃이 온다는데, 농민이 되고자 열혈의 마음을 지닌 채 살고 있는 내가 마땅히 동의서에 마음을 실어줘야 옳은 일일 터.

전봇대를 세우는데 필요한 토지 사용 승낙서에 사인을 해주었고, 전기가 가설되었다.

이후, 낮부터 들리는 메들리 뽕짝. 표고버섯을 재배하고자 한다는 자의 산에서 나는 소리. 이게 무슨 날벼락인가? 소음이 싫어 산에 들어온 자가 소음을 내지르는 음향기기에 전원을 공급하는 전기 가설에 동의하다니.

뽕짝을 피해 산 아래로 피신도 갔다가 귀마개를 착용하며 참던 어느 가을날, 농부의 간이막사를 찾아갔다. 시끄럽게 떠들려고 산에 들어왔는데, 내 산에서 내 맘대로 노는 걸 네 놈이 뭔데 간섭이냐며, 욕설을 내뿜고 작대기를 치켜들며 달려드는 막무가내에 도망치고 만다. 고양이 피하려다 호랑이 만난다는 <틀린 옛말 없다더니>, 딱 그 짝이다.

맞다. 주먹 없으면 이빨이라도 지녀야지. 쥐뿔도 없는 놈이 산속에서 날폼 잡고 혼자 사는 것 자체가 애당초 틀렸다고 자책한다. 딴은 산속에서 마음껏 떠들지도 못한다면 어디서 떠들라고? 양쪽 입장이 팽팽하지만, 산 속은 약육강식의 원시 세상이 아니든가. 물러설 때 물러가더라도 담벼락에 대고 낮게나마 '쓰발'이라, 질러줘야 스스로 면이 설 터.

아이들의 말투에 21년 전 돌아가신 어머니를 떠올린다. 나는 1989년 전교 조 활동과 관련해 해직되었는데, 그 당시 치매를 앓던 어머니에게는 비밀로 했다. 어린 시절을 망나니처럼 보냈고 소갈머리 없이 술독에 빠져 진창만 밟고 다녔다. 아들의 그런 청춘을 지켜보던 어머니는 그런 자식이 '아그덜 겔치는' 선생이 된 걸 아주 기뻐하셨기 때문이다. 해직 소식을 알렸다면 노 모는 치매에도 상심하셨을 것이다.

치매 노모를 누님 집에 모실 때는 "근다고, 그러코 허믄 쓴다냐? 암시랑 토 안 헌디, 멜겁시 그라네."라고 하셨다. 혼미한 정신에도 아들 집이 더 편 하다고 여긴 것일까? 생각해본다.

치매가 심해진 후는 퍼뜩 되살아난 정신으로 아들을 안쓰럽게 보았다. 노모를 모시지 못하는 아들 형편을 안타까워하는 마음이었을 게다. 그런 어머니를 마지막에는 요양원에 모셨다.

명절이 되면 그립고, 서럽다. 어머니의 속내가 담긴 입말을 자식에게서 듣고, 나 또한 그동안 어머니의 애잔한 표현을 적잖이 토로하며 살아왔구 나, <…회억한다>.

누구라도 그러하듯, 명절이면 어머니의 자리가 더 크게 다가온다. 형편 상 누님 집으로, 결국은 요양원에 모셨던 어머니가 마음 아프게 떠오른다.

살아생전 효도해도 되돌아보면 가슴 시린 게 어머니다.

짧은 글 안에 자식을 생각하는 어머니의 고운 마음과 그런 어머니를 회억하는 아들의 그리움이 절절하게 느껴진다.

미니 픽션은 짧은 분량으로 인생과 세상의 본질을 포착해 날카롭게 드러내는 장르이다. 한상준의 33편 미니 픽션은 지금 우리 주변에 혼재한 다양한 이슈들을 조목조목 짧은 분량 안에 형상화하고 있다. 그의 글은 문제의 본질에 곧장 육박해, 인생과 사회의 민감한 부분을 깊숙이 찌른다. 의미로 충전된 세부 사항 하나가 여러 사건을 장황하게 열거하는 것보다 이야기를 훨씬 풍부하게 만든다. 맛깔나는 전라도 사투리에 글 읽는 재미도 쏠쏠하다.

4차 산업혁명과 실업, 농촌과 환경 문제 등, 주제가 깊고 무거운 데 비해 이야기는 발랄하고 유머가 있다. 짧은 분량과 그에 어울리는 간결한 서술이 한몫하는 까닭이다.

너무 늦게 침묵하지 않고, 마땅히 서술해야 할 때 말하는 미니 픽션은 작금의 디지털 환경에 더없이 적합한 글쓰기다. 예리한 통찰과 따뜻한 가슴으로 문제를 바라보는 한상준의 새로운 문학적 시도. 그의 미니 픽션은 길을 찾는 자를 인도하는, 밤하늘에 빛나는 별과 같다.

코로나19 팬데믹이 서서히 물러나고 있다. 재난의 경계 수위를 낮췄다. 그동안 코로나바이러스 변종은 계속 이어졌고 앞으로 어떤 바이러스가 창궐할지 모르는 상황에 직면해 있다. 이래저래 코로나19 팬데믹은 인류에게 커다란 공포감과 자각심을 불러 일으켰다. 코로나19가 통제된다 하더라도 그 이전의 사회로 가긴 어려울 거라는 진단이 지배적이었으나 재난을 어느 정도 극복한 지금 꼭 그렇지만은 아닌 듯한 인류세의 현상을 보게 된다.

아무려나, 코로나바이러스가 창궐하여 '인간이 아프니 지구가 건강해진다'는 역설을 증명하는 현상이 나타나기도 했고, 이 명제는 인류 문명의 진화 속에서 참 정의로 굳힐 공산이 크다고 본다. 코로나19 팬데믹 시대를 맞아 가장 안타까운 존재가, 어떤 횡액의 계제에서건 그래왔듯, 서민들이고 청년들이었다. 지금도 그렇다. 소상공인들의 피해는 깊어지고 끝모르는 수렁으로 나락되어 가는 데도 달리 손을 쓸 수 없는 지경이었고, 여전히 그렇다.

더불어, 청년들은 미래를 잃어가고 있다. 그들은 앞선 세대가 저질러 놓은 환경위기라는 재앙의 중심에 놓여 있다. 앞선 세대들 때문에 '30년 후의 집단자살 시도'라는 운명에 직면해 있다고 보는 미래학자도 있다. 그들에게 미래는 희망을 동반하는 언어가 아니다. 제4차 산업혁명 시대에 진입해 가는 과정에서 청년들은 더욱이나 암울한 미래에 덜미를 잡힌 채 매몰되어 가고 있다. '압축성장'을 해온 한국의 산업사회에서 베이비 붐 세대들이 일궈온 성과에 익숙해 있는 그들은 더욱 가중되는 불안한 미래에 휘둘리며 힘들게 버티고 있다. 안정적인 일자리는 끊임없이 줄어들고, 그들이 원하는 삶의 질은 실현하기 어려운 현실이다.

아직 전면적으로 전개되고 있지 않은 현 상태의 인공지능(AI) 시대에서도 이럴진대, 자율주행 시대가 전면화되고 플랫폼 기업이 전체 산업을 이끌어 가게 되면 어려움은 더욱 가중될 게 뻔하다. 로봇밀도가 9년째 전 세계의 상위권에 머무르고 있는 한국의 산업 현장에서 청년들에게 배려가 이뤄질 수 있는 현실은 희망도, 기대도 갖기 어려운 상황이다. 600여 명이 일하던 베트남의 아디다스 공장이 독일의 인스바흐로 옮겨가며 스마트 팩토링으로 운영되자 600여 명이 작업하며 1년에 생산하던 50만 켤레의 신발을 단 10여 명이 생산해내고 있다. 결과적으로 590여 명이 일자리를 빼앗겼다. 고속도로에서 통행료를 걷던 노동자들의 손이 '하이패스'에 의해 잘려나가고 그들의 싸움은 자본 권력의 힘 앞에 속수무책이었다. 자본 권력은 이런 자동화시스템을 더욱 확대하여 굳혀갈 것이며 상대적으로 소비

력은 한정되거나 소멸되어 가면서 불평등은 심화되고 '당신의 일자리는 안녕한가?'라는 물음을 아침 인사로 받게 될 것이다.

이러한 시대에 글을 쓰는 작가의 시선은 어디로 향해 있어야 할까? 특히, 미래세대의 몫까지 미리 끌어다 쓰며 누려온 필자와 같은 베이비 붐 세대의 작가는 이러한 상황에서 지금이라도 어찌해야 하는 걸까? 문학적 시선이 거기에 가 있어야 한다는 당위를 외면할 수 없다. 섬진강변에 자리 잡은 어느 마을 뒷산 중턱쯤에 남루한 토굴을 짓고 텃밭 일구며 소일하는 필자로선 강의 범람이며 미세먼지로 저기에 놓여 있는 산이 며칠째 흔적도 없이 사라져버려 아예 그 자리에 없었던 듯한 현상을 지켜보면서 이 재앙을 어떻게 해야 하는가? 묻지 않을 수 없었다.

우선 아프고 마음으로 받아들여지지 않으니 우울해졌다. 그러한 시점에 만난 게 미니픽션이다. 이 위기의 여러 현상을 그나마 민첩하게 글로 담아내거나 대응할 수 있는 수단으로 차용할 수 있는 장르가 미니픽션이었다. 그리고 전남 순천의 지역 언론매체인 '광장신문'에 연재할 수 있는 지면이 허락되어 2년 넘게 독자와 만날 수 있었다.

코로나바이러스와 기후위기의 재앙 앞에 또한 제4차 산업혁명 시대로의 진입으로 위협받는 미래, 휘청거리는 미래를 앞에 두고 사는 청년들의 고뇌와 함께하고 작은 위로라도 될 수 있다면 이 애달픈 천착이 그나마 다행일 것 같다.

2023년 여름, 한상준

민규는
'타다'를
탈 수
있을까?

2023년 7월 31일 제1판 제1쇄 발행

글쓴이   한상준
그린이   윤석현
펴낸이   강봉구

펴낸곳   열린서가
          *열린서가는 작은숲출판사의 단행본 및 절판도서 복간 전문 출판 브랜드입니다.
등록번호   제406-2013-000081호
주소   413-120 경기도 파주시 와석순환로 307, 1107-101
전화   070-4067-8560
팩스   0505-499-8560

홈페이지   http://www.openbookcase.co.kr
이메일   openbookcase@daum.net

ⓒ 한상준

ISBN 979-11-6035-145-3   03810

값은 뒤표지에 있습니다.

※이 책은 저작권법에 따라 보호받는 저작물이므로 무단 전재와 무단 복제를 금합니다.
※이 책의 전부 또는 일부를 이용하려면 반드시 저작권자와 '작은숲출판사(열린서가)'의 동의를 받아야
합니다.
※이 책은 🌿전라남도문화재단의 지원을 받아 발간되었습니다.